MW01321877

L.A. CONNECTIONS

DU MÊME AUTEUR
CHEZ POCKET

LE GRAND BOSS
LUCKY
ROCK STAR
LES AMANTS DE BEVERLY HILLS
LADY BOSS
NE DIS JAMAIS JAMAIS
LES ENFANTS OUBLIÉS
VENDETTA

À PARAÎTRE

L.A. CONNECTIONS
LIVRE DEUX : OBSESSION
LIVRE TROIS : MEURTRE
LIVRE QUATRE : VENGEANCE

JACKIE COLLINS

L.A. CONNECTIONS

Livre Un

POUVOIR

ROBERT LAFFONT

Titre original :

POWER

traduit de l'américain par
Jérôme Harraps

ISBN : 2-266-09761-X

PROLOGUE

Los Angeles
1997

Il était près de minuit quand la grosse Mercedes d'un bleu étincelant s'arrêta devant la librairie fermée du Farmer's Market à Fairfax. Le chauffeur en livrée noire — avec gants de cuir noirs et lunettes tout aussi noires — descendit de la voiture et jeta un coup d'œil alentour.

Non loin de là, une jolie fille assise dans sa Camaro s'empressa de prendre congé de l'amie avec laquelle elle bavardait sur son portable et mit pied à terre, fermant la portière à clé derrière elle.

— Salut, dit-elle, en s'approchant du chauffeur à l'allure étrange. Je suis Kimberly. Vous êtes ici pour M. X ?

Il acquiesça et lui ouvrit la portière arrière. Elle monta. Il referma la portière et s'installa au volant.

— M. X demande que vous vous mettiez un bandeau sur les yeux, dit-il sans se retourner. Vous le trouverez sur la banquette auprès de vous.

Bon, se dit Kimberly. *Un excentrique. Mais ça n'est pas nouveau.* Kimberly (de son vrai nom Mary Ann Jones, native de Detroit) était call-girl à Hollywood depuis dix-huit mois. Durant cette période, elle en avait vu de toutes les couleurs. Avoir les yeux bandés à l'arrière d'une limousine n'était rien comparé à certaines choses qu'on lui avait demandé de faire.

Elle passa donc le bandeau de velours et s'installa. Le ronronnement de la voiture la berçait, et elle dut faire un effort pour ne pas s'endormir tandis que la limo progressait vers sa destination.

Vingt minutes plus tard, la voiture ralentit et elle entendit le bruit métallique de lourdes grilles qui s'ouvraient.

— Je peux enlever le bandeau maintenant ? demanda-t-elle en se penchant vers l'avant.

— Veuillez attendre, répondit le chauffeur.

Quelques instants plus tard, la voiture s'arrêtait. Kimberly rajusta sa robe, puis ébouriffa ses cheveux blonds et bouclés. Le chauffeur lui ouvrit la portière.

— Descendez, ordonna-t-il.

Sans demander la permission, elle ôta le bandeau et le suivit vers l'entrée d'une grande demeure. Il ouvrit la porte avec une clé et la fit pénétrer dans la pénombre du vestibule.

— Whoouu ! s'exclama Kimberly en lorgnant

un énorme lustre accroché au-dessus d'eux. J'aimerais pas être là-dessous dans un tremblement de terre.

— Pour vous, dit le chauffeur, en lui tendant une enveloppe gonflée de billets.

Elle la prit et la fourra dans le sac de cuir brun qu'elle portait en bandoulière, un sac Hermès acheté le jour même.

— Où est M. X ? demanda-t-elle. Dans la chambre ?

— Non, répondit le chauffeur. Dehors.

— Très bien, dit-elle, en faisant ressortir les bonnets de son soutien-gorge taille 95 C — un achat qu'elle avait fait peu de temps après son arrivée à Hollywood, alors qu'elle venait de remporter un concours de beauté chez elle.

— Allons-y, fit le chauffeur en lui prenant le bras pour lui faire traverser un grand salon somptueusement meublé jusqu'à des portes-fenêtres qui donnaient sur une piscine carrelée de noir.

L'homme lui tenait fermement le bras — trop fermement à son goût. Où diable était M. X ? Elle était prête à en finir le plus vite possible pour pouvoir rentrer et retrouver son petit ami — un mannequin aux muscles d'acier, vedette occasionnelle de films pornos.

— M. X aimerait savoir si vous savez nager ? dit le chauffeur en s'arrêtant au bord de la piscine.

— Ma foi non, répondit-elle, en se demandant pourquoi il ne mettait pas un peu d'éclairage (on n'y voyait rien). J'envisage de prendre des leçons.

— Vous feriez mieux de commencer tout de suite, dit le chauffeur.

Et, sans lui laisser le temps de se rendre compte de ce qui se passait, il la poussa violemment dans le grand bain.

Elle coula, remonta à la surface quelques secondes plus tard, crachant de l'eau et s'étranglant, les bras battant l'air.

— Au secours ! cria-t-elle en suffocant. Je vous l'ai dit... je... ne sais pas... nager.

Le chauffeur restait planté au bord de la piscine, le sexe au vent et la main droite besognant énergiquement.

— Au secours ! cria Kimberly en se débattant désespérément avant de disparaître pour la seconde fois.

L'homme continua à vaquer à ses occupations : il parvint à l'orgasme au moment où la tête de la fille réapparaissait à la surface.

— Vous êtes dingue ! hurla-t-elle avant de couler pour la troisième fois.

Après quoi, tout devint noir.

Un an plus tard

CHAPITRE I

Madison Castelli n'aimait pas particulièrement couvrir les histoires de Hollywood. La vie des gens riches et décadents, ça n'était pas son truc : c'était précisément pourquoi son rédacteur en chef, Victor Simons, avait déclaré qu'elle était la personne rêvée pour ce reportage. « Tu ne t'intéresses absolument pas à la prétendue élite de cette ville, ce qui fait de toi une journaliste idéale pour me dégotter la véritable histoire du tout-puissant M. Freddie Leon. Et puis, tu es belle : il te prêtera attention. »

C'est ça! songeait Madison, désabusée, en embarquant sur un vol d'American Air Lines en partance pour L.A. *Je suis tellement belle qu'il y a trois mois, David, avec qui je vivais depuis deux ans, est allé acheter un paquet de cigarettes et n'est jamais revenu.*

Il s'était contenté de lui laisser un mot de dégonflé pour expliquer qu'il ne supportait pas de s'engager et qu'il ne parviendrait jamais à la rendre heureuse. Cinq semaines plus tard, elle avait découvert qu'il avait épousé son amour d'adolescent : une blonde insipide avec de gros nichons et un bon coup de fourchette.

Voilà ce qu'on appelait hésiter à s'engager.

A vingt-neuf ans, Madison était extrêmement jolie, même si elle essayait de camoufler sa beauté en portant des tenues très fonctionnelles et pratiquement pas de maquillage. Mais, malgré tous ses efforts, rien ne parvenait à masquer ses yeux en amande, ses pommettes bien dessinées, ses lèvres attirantes, sa peau douce et mate, ses cheveux noirs indisciplinés qu'elle portait d'ordinaire tirés en une sévère queue-de-cheval. Sans parler d'un corps ravissant d'un mètre soixante-dix avec une jolie poitrine, une taille étroite et de longues jambes de danseuse.

Madison ne se trouvait pas belle. L'idée qu'elle se faisait de la beauté d'une femme correspondait plutôt au physique de sa mère, Stella : une blonde sculpturale dont les yeux rêveurs et les lèvres frémissantes évoquaient pour la plupart des gens Marilyn Monroe.

Physiquement, Madison tenait de son père, Michael, le plus beau sexagénaire du Connecticut. Elle tenait de lui aussi sa détermination d'acier et son charme indéniable : deux remarquables qualités qui ne l'avaient pas empêchée de réussir et d'être appréciée comme journaliste pour les portraits sans indulgence qu'elle brossait des gens riches, célèbres et puissants.

Madison adorait ce qu'elle faisait : chercher l'angle juste, découvrir les secrets des personnalités. Les gens qu'elle préférait interviewer, c'étaient les politiciens et les grands hommes d'affaires richissimes. Les vedettes du cinéma, du sport et les magnats de Hollywood ne l'intéressaient pas. Elle ne se considérait pas comme une tueuse, pourtant elle écrivait avec une franchise virulente, ce qui dérangeait parfois les gens dont elle parlait, habitués au cocon protecteur tissé par leurs attachés de presse.

Tant pis s'ils n'aimaient pas ça : elle disait simplement la vérité.

Elle s'installa dans son siège de classe affaires près d'un hublot et inspecta la cabine. Elle repéra immédiatement Bo Deacon, animateur télé bien connu, tout aussi bien connu comme camé. Bo n'arborait pas un air de bonne santé : le visage bouffi, la bouche molle, il parvenait encore à s'animer quand les caméras filmaient son talk-show très populaire de fin de soirée.

Madison espérait que la place à côté d'elle allait rester inoccupée, mais non. Au dernier moment, une blonde hors d'haleine et à la poitrine plantureuse moulée dans une microrobe de cuir noir embarqua, escortée par deux représentants, éblouis de la compagnie qui la portèrent pratiquement jusqu'à son siège. Madison la reconnut : c'était Sally T. Turner, l'actuelle coqueluche des magasines à sensation. Sally était la vedette de *Tous à l'eau !,* un feuilleton télé hebdomadaire d'une demi-heure où elle jouait le rôle d'un avenant professeur de natation qui se rendait dans une somptueuse demeure, à chaque fois différente, semant la perturbation autour d'elle et sauvant des vies — perpétuellement vêtue d'un minuscule maillot de bain noir une pièce qui ne servait qu'à mettre en valeur sa poitrine généreuse, ses cinquante centimètres de tour de taille et ses jambes interminables.

— Whoouu ! s'exclama Sally en se laissant tomber sur son siège et en redonnant du gonflant à sa crinière de boucles blondes. C'était juste.

— Ça va, Mlle Turner ? demanda d'un ton anxieux le premier représentant de la compagnie.

— Qu'est-ce que je peux vous offrir ? demanda le deuxième d'un air empressé.

Tous deux, les yeux exorbités, plongeaient leur regard dans son ample décolleté comme s'ils n'avaient jamais rien vu de pareil auparavant. *Et c'est sans doute le cas*, se dit Madison.

— Tout est au poil, les gars, dit Sally en les

gratifiant d'un large sourire. Mon mari m'attend à L.A. Si j'avais manqué le vol, il aurait fait une de ces tronches !

— Je pense bien, dit le premier représentant, l'œil toujours exorbité.

— Et comment ! renchérit l'autre.

Madison se plongea dans *Newsweek* : elle n'avait aucune envie de faire la conversation à cette idiote. Elle entendit vaguement le steward demander aux deux hommes de descendre pour qu'on puisse préparer le décollage. Peu après, le gros appareil se mit à rouler sur la piste.

Sans crier gare, Sally empoigna soudain le bras de Madison qui en lâcha presque son magazine.

— J'ai *horreur* de voler, couina Sally, en clignant de ses grands yeux bleus. Enfin, ça n'est pas exactement *voler* que je déteste, c'est plutôt *avoir un accident*.

Madison libéra doucement son bras de l'emprise des doigts de la jeune femme.

— Fermez les yeux, respirez un bon coup et comptez lentement jusqu'à cent, conseilla-t-elle. Je vous dirai quand nous aurons décollé.

— Oh, merci, fit Sally, éperdue de reconnaissance. Je n'y avais pas pensé.

Madison fronça les sourcils. Ça allait être un long vol. Pourquoi ne pouvait-elle pas se retrouver assise auprès de quelqu'un de plus *intéressant* ?

Elle replia son magazine et regarda par le hublot. Contrairement à Sally, elle adorait voler. La brusque accélération, cette grisante excitation quand les roues quittaient le sol, et puis l'ascension de l'appareil : cela lui donnait toujours un petit frisson, même si elle l'avait fait bien des fois.

Sally était assise près d'elle, muette, les yeux bien fermés, ses lèvres un peu boudeuses égrenant lentement des nombres. Quand elle rouvrit les yeux, ils étaient en plein ciel.

— Merde alors ! s'exclama Sally en se tournant vers Madison. Vous êtes formidable !

— Bah, murmura Madison, ça n'est rien.

— Si, vraiment, insista Sally. Votre truc a vraiment marché !

— J'en suis ravie, dit Madison en regrettant que Miss maillot de bain ne garde pas les yeux fermés pendant tout le vol.

Le salut arriva sous la forme de Bo Deacon, qui s'approcha, un verre de scotch à la main.

— Salut, ma chérie ! s'écria-t-il. Tu es absolument à croquer.

— Oh, salut, Bo, dit Sally. Tu as pris le même avion ?

Futée comme question, pensa Madison avec ironie. *C'est si agréable de voyager avec des intellectuels.*

— Oui, mon chou, je suis assis là-bas, dit-il en

désignant l'autre côté du couloir. J'ai une vieille peau assise près de moi. Si on essayait de la faire changer de place ?

Les longs faux cils de Sally se mirent à battre.

— Comment va ton audimat ? demanda-t-elle, comme si ce devait être le facteur décisif qui la ferait ou non changer de place.

— Pas aussi brillant que le tien, mon chou, roucoula-t-il. Si je retournais demander à la vieille peau de bouger ?

— Je suis pas mal là où je suis, fit Sally.

— Ne dis pas de bêtises, protesta Bo. On devrait s'asseoir ensemble : comme ça on pourra parler de ton prochain passage dans mon émission. La dernière fois que tu es venue, on a fait un meilleur audimat que Howard.

Sally eut un petit rire, ravie du compliment.

— J'ai fait l'émission de Howard à New York, dit-elle, sa petite langue rose léchant ses lèvres pulpeuses. Il est tellement vulgaire, et en même temps il est mignon.

— Tu es bien la première nana que je connaisse qui trouve Howard mignon, fit Bo en secouant la tête.

— Mais si, insista Sally. Il est là, grand et dégingandé comme un collégien.

Madison comprit qu'elle était bel et bien assise auprès d'un véritable cliché vivant : la blonde hollywoodienne. Si elle racontait cette conversation à n'importe lequel de ses amis de New York, on ne la croirait pas.

— Vous savez ? fit Madison en se penchant pour s'adresser directement à Bo. Si ça doit vous arranger, je peux changer de place avec vous.

Bo la remarqua pour la première fois.

— Oh, chère petite madame, c'est très aimable à vous, dit-il de sa voix « je-suis-une-grande-vedette-et-je-suis-capable-d'être-aimable-avec-les-gens-ordinaires ».

Chère petite madame ? Il plaisante ?

— A une condition, interrompit Sally.

— Quoi donc, mon chou ? s'enquit Bo.

— Il faut absolument que je sois assise auprès de cette dame quand nous atterrirons. Elle est formidable. Elle m'a fait supporter le décollage. Tu sais, c'est une vraie magicienne.

— Vraiment ? dit Bo en jetant un coup d'œil à Madison. Vous êtes une de ces nanas avec des pouvoirs surnaturels, mon chou ? Peut-être que c'est vous qui devriez passer à mon émission.

— Merci de votre proposition, M. Deacon, répondit froidement Madison. J'ai l'impression que vous devriez vous en tenir à Max, le chimpanzé.

— Alors, lança Bo avec un clin d'œil, vous regardez l'émission, hum ?

Quand je n'arrive pas à dormir, voilà ce qu'elle avait envie de répondre !

— Ça m'arrive, dit-elle avec un charmant sourire.

Elle rassembla ses affaires, se leva et traversa le couloir pour gagner la place laissée vacante par Bo.

La femme qu'il avait qualifiée de vieille peau était en réalité une séduisante femme d'affaires d'une quarantaine d'années qui pianotait assidûment sur son ordinateur portable.

— Bonjour, dit Madison. Je change de place avec M. Deacon. Ça ne vous dérange pas ?

— Tout le plaisir est pour moi, fit-elle en levant les yeux. Je me disais justement que j'allais peut-être être obligée de lui parler !

Elles se mirent à rire toutes les deux. Le visage de Madison s'éclaira : elle préférait ce genre de compagne de voyage.

CHAPITRE II

— Je n'en ai rien à foutre, dit Freddie Leon en fixant d'un regard glacé le petit homme barbu qui se tortillait d'un air gêné sur une chaise, de l'autre côté de l'énorme bureau en acier et en verre.

— Je vous assure, Freddie, dit l'homme, un peu nerveux. Cette salope ne le fera pas.

— Ecoutez, répéta Freddie. Si moi, je dis qu'elle le fera, ce sera comme ça.

— Alors, vous feriez mieux de lui parler.

— J'en ai bien l'intention.

— Et bientôt.

— Ne poussez pas trop, Sam.

Freddie avait l'air aussi froid que le cul d'un Esquimau : il n'aimait pas qu'on lui donne de conseils. Il n'était pas devenu l'agent le plus puissant de Hollywood en écoutant les autres — et surtout pas un homme comme Sam Lowski, un impresario minable dont le seul vrai titre de gloire était d'avoir une grosse cliente : Lucinda Bennett — grande diva, grande emmerdeuse, grand talent.

Freddie Leon était un homme de quarante-six ans au visage impassible. Il avait des cheveux d'un brun ordinaire, des yeux de la même couleur et un bref sourire de politesse qui allait rarement jusqu'à ses yeux. Directeur et principal actionnaire de la puissante I.A.A. — International Artists Agents —, on le surnommait « le serpent » car il avait l'art de se dépêtrer des contrats les plus tortueux. Personne n'osait jamais l'appeler en face « le serpent ». Sa femme, Diana, l'avait fait un jour. C'était la seule fois qu'il avait jamais levé la main sur elle.

Sam se leva pour prendre congé. Freddie ne le retint pas : il n'avait rien d'autre à dire. Dès que Sam eut franchi la porte, Freddie attendit un instant puis décrocha le téléphone et appela Lucinda Bennett sur sa ligne privée. Ce fut Lucinda qui répondit, la voix ensommeillée.

— Comment va ma cliente préférée ? demanda Freddie, laissant tout le charme dont il était capable passer dans sa voix froide et neutre.

— Je dors, répliqua Lucinda d'un ton renfrogné.

— Seule ? interrogea Freddie.

— Ça ne te regarde pas, fit-elle avec un petit rire espiègle.

Freddie s'éclaircit la gorge.

— Qu'est-ce que c'est que toutes ces histoires que j'entends sur toi, disant que tu es une petite coquine ?

— Tu ne vas pas me donner des leçons, mon chou ? dit Lucinda d'une voix langoureuse. Je suis trop vieille et trop riche pour supporter ce genre de foutaises.

— Je ne te fais pas la leçon, riposta Freddie. Je te rappelle simplement que la bonne conduite, ça finit toujours par payer.

— J'imagine que cette vermine de Sam est venu te voir, dit Lucinda, d'un ton qui trahissait le peu d'estime en laquelle elle tenait son impresario.

— Exactement, répondit Freddie. Il me dit que tu comptes lâcher le film de Kevin Page.

— Il a parfaitement raison.

Freddie maîtrisa son irritation : garder son calme était indispensable dans sa profession.

— Pourquoi voudrais-tu faire une chose pareille quand l'affaire est déjà montée et que tu vas toucher douze millions de dollars ? demanda-t-il.

— Parce que Kevin Page est trop jeune pour moi, répliqua Lucinda d'un ton sec. Je n'ai aucune envie d'avoir l'air d'une vieille peau à l'écran.

— Je te l'ai dit il y a trois semaines, Lucinda,

et c'est dans ton contrat : ils engageront le chef opérateur de ton choix. Tu peux paraître dix-huit ans si tu veux.

— J'en ai près de quarante, Freddie ! lança-t-elle. Je n'ai aucune envie d'en paraître dix-huit.

Il savait pertinemment qu'elle en avait au moins quarante-cinq.

— Bon, fit-il avec calme. Vingt-huit, trente-huit... l'âge que tu veux.

— N'essaie pas de me raisonner. Kevin Page est ton client. Il a fait deux films à succès et tu penses aujourd'hui que tu peux consolider sa carrière en lui faisant faire équipe avec moi.

— Pas du tout. Cette affaire te concerne toi. Il est essentiel que tu touches un public plus jeune. (Il marqua un temps avant de poursuivre.) Tu es une énorme vedette, Lucinda, mais il faut que tu te rendes compte qu'il y a plein de jeunes qui n'ont jamais entendu parler de toi.

— Freddie, répondit-elle, furieuse, va te faire voir. Je peux faire ce que je veux.

— Non, dit Freddie d'un ton qui se durcissait. Tu ne peux pas. Tu vas faire ce que moi, je dis.

— Et si je refuse ?

— Alors, je ne serai plus ton agent.

— Freddie, mon chou, je me dis quelquefois que tu ne comprends pas la situation, fit Lucinda, d'un ton glacial. Les agents devraient me baiser les pieds pour me représenter.

— Si c'est ce que tu veux, Lucinda..., observa-t-il d'un ton parfaitement détaché.

— Peut-être bien, dit-elle pour le provoquer.

— Tiens-moi au courant, conclut-il. (Il abattit sa carte maîtresse.) Oh, au fait... tu te souviens qu'il y a longtemps, longtemps, tu m'as demandé de mettre la main sur certaines vieilles photos que ton premier mari avait prises de toi et que j'ai réussi à le faire ?

— Oui.

— C'est drôle, commença-t-il, lentement. Je rangeais mon coffre l'autre jour : on dirait que j'ai encore un jeu de négatifs.

— Freddie ! lança-t-elle d'une voix vibrante d'incrédulité. Est-ce que tu me fais du chantage ?

— Pas du tout, répondit-il d'un ton égal. J'essaie seulement de te faire signer un contrat qui est sur ton bureau depuis plus d'une semaine. Un contrat qui va te rapporter douze millions de dollars, te donner la vedette avec comme partenaire le jeune acteur le plus en vogue du pays *et* maintenir ta carrière au sommet, exactement là où elle devrait être. (Il marqua un temps pour la laisser réfléchir à ce qu'il avait dit.) Penses-y, Lucinda, et donne-moi ta réponse avant la fin de la journée.

Sans lui laisser le temps de répondre, il raccrocha. Ah, les actrices ! Elles avaient dû se taper tellement de mecs pour arriver que, une fois que ça y était, tout ce qu'elles voulaient, c'était vous faire des emmerdes.

Et personne ne faisait ça à Freddie Leon.

Il avait le pouvoir et il n'hésitait pas à s'en servir.

CHAPITRE III

Natalie De Barge consulta sa Swatch de chez Bulgari, un cadeau qu'elle venait de se faire, et jura à voix basse. Comment le temps avait-il pu passer si vite ? Elle était de nouveau en retard, et ça la rendait folle. Elle avait tant de choses à faire avant d'aller chercher à l'aéroport sa meilleure amie et vieille copine de collège, Madison. Et, par-dessus le marché, après être allée là-bas, il faudrait qu'elle retourne au studio à temps pour son spot au journal de six heures, où elle tenait la rubrique spectacles pour une station de télé régionale. Même si elle aimait ce qu'elle faisait, elle avait certainement d'autres ambitions que de rapporter des potins sans intérêt et de commenter les nouvelles du monde du showbiz qui en avaient encore moins.

Natalie était une jolie jeune femme noire de vingt-neuf ans, extrêmement vive, avec une peau superbe, de grands yeux bruns et un très joli corps.

— Madison est une femme intéressante.

— Si c'est une amie à toi, j'en suis sûr.

— Tiens... peut-être que je l'emmènerai un jour au studio, je lui ferai visiter.

— J'ai une meilleure idée. Ma femme et moi donnons un petit dîner samedi à la maison : pourquoi n'amènes-tu pas ton amie ? Mon frère est en ville, avec deux vieux copains de collège. Ça peut faire une petite soirée.

— A quel genre de soirée penses-tu, Jimmy ? demanda-t-elle avec des airs de pensionnaire.

— Pas à ce genre de soirée-là, mon chou, répondit-il avec un petit rire. Désolé de te décevoir, mais il n'y a pas plus sérieux que moi.

— Oh, je sais, dit-elle, flirtant un peu bien qu'il ne soit pas son type. C'est ce que j'aime chez toi.

— Vraiment ? s'enquit-il en haussant un sourcil.

— Oui, vraiment.

Ils échangèrent un sourire. *Hmmm*, se dit-elle, *pas de doute, il me fait du gringue.* Ce qui la mit un peu mal à l'aise parce qu'il était marié. Et puis il était beaucoup trop grand pour elle.

— Je demanderai à Madison et je te dirai, fit-elle.

— Formidable, conclut-il.

C'est ça : formidable. Peut-être que son frère allait se révéler être le grand amour de sa vie : le prince qu'elle cherchait sans arrêt. Noir, blanc, métissé... le type qu'il lui fallait devait bien être là, quelque part.

Bien sûr. Et Bill Clinton est homo !

— Il faut que j'y aille, dit-elle en lui faisant un petit signe de la main. A plus tard.

— J'y compte bien, fit Jimmy Sica en lui adressant son sourire étincelant.

CHAPITRE IV

Le téléphone sonna dans l'appartement aux murs couleur de pêche de Kristin Carr. Il était midi passé et elle dormait encore. Dans une vague brume, elle entendit la sonnerie et attendit que Chiew décroche : à son grand agacement, sa cossarde de femme de chambre n'en fit rien.

Un peu dans les vapes, Kristin se rendit compte que ça devait être sa ligne directe. *Merde!* Elle ne se sentait pas au mieux de sa forme. Trop de Dom Pérignon et de coke la soirée précédente et deux somnifères pour l'aider à dormir. *Merde!* Son long bras blanc émergea de sous les draps de satin pâle, cherchant à tâtons le combiné.

— Oui ? murmura-t-elle d'une voix rauque.

— M. X aimerait te voir, dit une voix de femme.

— Oh, mon Dieu, Darlene ! Ça ne va pas recommencer ! Je vous l'ai dit après la dernière fois : je ne suis pas intéressée.

— Est-ce que quatre mille en liquide te feraient changer d'avis ?

— Pourquoi moi ? gémit-elle.

— Parce que tu es la meilleure.

Kristin songea à ses deux précédentes rencontres avec M. X. La première fois, elle l'avait retrouvé, suivant ses instructions, dans un parking souterrain de Century City. Il conduisait une camionnette de couleur sombre sans plaque visible et il était entièrement vêtu de noir — y compris des lunettes de soleil opaques et une casquette de base-ball à la visière rabattue. Sans descendre de voiture, il lui avait demandé de se mettre entièrement nue dans le parking — qui, par chance, était désert — et, tandis qu'elle circulait les fesses à l'air autour de sa camionnette, il s'était masturbé. Après avoir terminé, sans un mot, il lui avait tendu par la vitre ouverte une enveloppe contenant deux mille dollars, puis il avait démarré en trombe.

La seconde fois, elle avait rendez-vous au dernier rang d'un cinéma de Westwood à midi. La salle obscure était déserte, on projetait un film d'Eddie Murphy et M. X une fois de plus était entièrement camouflé. Il s'était assis auprès d'elle, lui avait dit d'enlever son slip et de le lui remettre, puis il s'était soulagé sur sa petite culotte qu'il lui avait rendue avec une enveloppe contenant des billets. Quand elle était sortie du cinéma, il avait disparu depuis longtemps. Jamais elle n'avait gagné d'argent aussi facilement, jamais non plus de façon aussi bizarre. M. X lui faisait mauvaise impression.

— C'est un taré, dit-elle.

— Force-toi, fit Darlene.

— Bon, d'accord, dit-elle d'un ton renfrogné. Elle était tentée par cette somme exorbitante, même si son instinct lui soufflait de dire non.

— Ce ne sera pas si terrible.

— Qu'est-ce que vous en savez ?

— Ça n'est pas comme s'il te battait ni rien. D'ailleurs, tu m'as dit que la dernière fois il ne t'avait même pas touchée.

— J'aurais mieux aimé, dit Kristin avec force. Comme ça, au moins, je saurais que c'est un *être humain*.

— Son fric montre qu'il l'est. Ça devrait te suffire.

— D'accord, d'accord, fit Kristin avec un grand soupir. Dans quel bouge est-ce que je dois le retrouver cette fois-ci ?

— Hollywood Boulevard. Un motel après La Brea. Je te faxerai l'adresse exacte. Il veut que tu sois là-bas à sept heures. Et en blanc — y compris chaussures, collants et lunettes de soleil.

— Ça veut dire que j'ai un budget fringues aussi ? demanda Kristin d'un ton narquois.

— Quatre mille, ça n'est pas mal, fit remarquer Darlene. Deux mille de plus que la dernière fois.

— Ouais !

— Amuse-toi bien.

Darlene est formidable comme maquerelle, songea Kristin avec amertume. *Tout ce qui l'intéresse, c'est le pognon. La sécurité, elle s'en tape.*

Elle se coula hors du lit et passa sous la douche. Kristin était la blonde type. Une crinière de longs cheveux blonds. Une vraie tête d'Américaine. Un corps bien roulé avec de gros seins. Et une toison dorée qui transformait les hommes mûrs en petits garçons excités. Elle avait l'air d'un ange. Mais elle avait un cœur de pierre et une calculatrice à la place du cerveau.

Kristin avait un plan : dès l'instant où elle aurait un demi-million de dollars en liquide dans son coffre à la banque, elle se retirerait. Quatre mille dollars, c'était toujours ça de pris.

Mais quand-même... encore M. X, pour la seconde fois de la semaine. Elle frissonna à cette pensée.

Décrochant un peignoir de bain rose pâle, elle en enveloppa son corps magnifique. Bah, encore une journée. Un pas de plus vers son objectif.

Elle finirait bien par être libre.

CHAPITRE V

— Quel connard ! s'exclama Sally T. Turner, ses lèvres enduites d'une épaisse couche de rouge corail plissées dans une moue désapprobatrice.

— Pardon ? fit Madison.

Elle venait de se rasseoir et elle réfléchissait à son interview avec Freddie Leon — une interview qui, si tout allait bien, devait avoir lieu très bientôt. Victor avait promis de lui arranger cela grâce à un ami commun, même si Freddie Leon était connu pour ne jamais parler à la presse. En attendant, Madison comptait rencontrer ses amis et connaissances, ses clients et ses ennemis. En fait, tous ceux qui avaient quelque chose à dire sur lui.

Sally se pencha, offrant à Madison un gros plan terrifiant de ses faux cils tartinés de mascara. *Elle est trop jolie pour se maquiller tant que ça,* se dit Madison. *Pourquoi est-ce que quelqu'un ne le lui dit pas ?*

— Bo, murmura Sally. C'est un vrai trou du cul.

— Je... euh... je ne le connais pas, dit Madison, se demandant pourquoi Sally avait décidé de lui faire des confidences.

— Pas besoin, ricana Sally. C'est un homme, non ? Et connu avec ça. (Elle fronça son nez retroussé.) Tous ces types célèbres s'imaginent qu'ils peuvent avoir n'importe qui. Vous ne savez pas ce qu'il m'a demandé ?

— Quoi donc ? demanda Madison, sa curiosité naturelle aussitôt en éveil.

— Il m'a invitée aux toilettes pour faire l'amour, chuchota Sally. Sauf qu'il ne l'a pas dit aussi poliment.

— Vous parlez sérieusement ?

— Parole de scout, dit Sally. Ah ! comme si j'allais remettre ça avec lui ! Vous comprenez, simplement parce que j'ai de gros nibards, des cheveux blonds, toute la panoplie de la parfaite minette, les hommes croient que je suis là à les attendre.

— Ce doit être un problème, murmura Madison avec compassion, en se demandant ce que Sally entendait par « remettre ça ».

— Je le supporte, dit Sally d'un air courageux. En fait, j'aime attirer l'attention. (Elle haussa les épaules en tirant sur sa courte robe de cuir.) Oh...

je sais que j'ai tout l'équipement, mais ça n'est pas comme si j'étais idiote ni rien de tout ça.

— Je suis certaine que vous ne l'êtes pas, dit gentiment Madison.

— Non mais, vraiment, poursuivit Sally en s'échauffant. J'ai utilisé mes atouts pour arriver là où je suis aujourd'hui parce que c'était la seule façon dont je pouvais me faire remarquer. Mes seins sont en silicone parce que je sais que les gros nichons, ça excite les hommes. Je me suis fait pomper toute la graisse des cuisses et on m'en a réinjecté un peu dans les lèvres. Je me décolore les cheveux et je porte des tenues sexy. Je suis la preuve vivante que tout ça marche. Ça m'a valu une série télé et un mari sensationnel. Attendez un peu de faire la connaissance de Bobby : il sera à l'aéroport.

— J'aimerais beaucoup, dit Madison.

— Un véritable étalon ! proclama fièrement Sally. Il tuerait Bo Deacon s'il savait à quel point ce connard m'a manqué de respect.

— Alors, je vous conseille de ne pas lui en parler.

— Je ne suis pas stupide, fit Sally en ouvrant de grands yeux.

— Vous connaissiez déjà Bo ? demanda Madison.

— Il y a longtemps... avant d'être arrivée, dit

Sally. Et puis, quand je suis devenue célèbre, je suis passée plusieurs fois à son émission et on a flirté comme ça devant la caméra. Ça n'a rien d'extraordinaire : je flirte avec tous ces présentateurs... *Tout le monde* le fait : Pamela Anderson, Heather Locklear, même Julia Roberts. C'est normal. On s'y attend. Mais maintenant, poursuivit-elle en prenant son verre, je suis mariée, alors il ne devrait pas me faire du gringue. Ce n'est pas bien.

— Vous avez raison, reconnut Madison.

— Enfin, continua Sally. Je suis sûre que je vous ennuie avec toutes mes histoires. Et vous, qu'est-ce que vous faites dans la vie ?

— Vous n'allez pas aimer ça, dit Madison avec une grimace, en se disant qu'elle aurait peut-être dû le mentionner plus tôt.

— Quoi donc ?

— Je suis journaliste.

— Oh, non ! fit Sally en éclatant d'un rire de petite fille. Une fouille merde ! Et moi qui vous raconte tout ça. Maintenant, je suppose que je vais me retrouver à la une de l'*Enquirer*. Les confessions d'une reine du sexe. Non mais quelle conne !

— Je ne suis pas ce genre de journaliste, s'empressa de préciser Madison. J'écris pour *Manhattan Style*.

— Whoouu ! s'exclama Sally en ouvrant de grands yeux étonnés. C'est la classe. Jamais on n'y parlerait de ma pauvre petite personne. (Un bref silence vibrant d'espoir.) N'est-ce pas ?

— Pourquoi pas ? Ce serait une interview intéressante.

— Vous croyez ? dit Sally avec empressement.

— Si vous êtes prête à parler de toute la cuisine sexuelle de Hollywood. Si vous étiez vraiment sincère, ça pourrait sans doute donner un article fascinant. Je suis persuadée que vous avez des tas d'histoires à raconter.

— Oh, il faudrait que vous entendiez certaines des choses qui me sont arrivées, fit Sally en levant les yeux au ciel. Je pourrais vous raconter des trucs à vous faire mal aux amygdales ! Les types de cette ville... Ha ! je sais tout, tout.

— Je devrais peut-être en parler à mon rédacteur en chef.

— Whoouu ! dit Sally en se tortillant sur son siège. Est-ce que je peux être en couverture ?

— Nous avons douze couvertures par an, expliqua Madison. Quatre seulement ont un rapport avec le show business. Ça ne fait pas beaucoup.

— Tous les magazines me veulent en couverture, expliqua naïvement Sally. Ce qu'il y a, c'est que je fais vendre.

— Je n'en doute pas. Mais mon patron marche à son rythme.

— Vous vous rappelez ces photos de Demi

Moore en couverture de *Vanity Fair*... toute nue et enceinte ? dit Sally, tout excitée. On m'a dit que ça avait fait monter leurs ventes en flèche. Et si je posais nue, moi ? Ça intéresserait votre patron ?

— C'est plus pour *Playboy*, dit Madison en secouant la tête, que pour nous.

— Je sais bien, fit Sally en pouffant. Je plaisantais. J'ai fait trois fois la couverture de *Playboy*. Ils m'adorent. Ou plutôt, ajouta-t-elle en pouffant de nouveau, ils adorent mes gros nichons !

— J'imagine que vous êtes très populaire.

— Pourquoi venez-vous à L.A. ? interrogea Sally.

— Je vais interviewer Freddie Leon, l'agent. Vous ne le connaîtriez pas, par hasard ?

— Whoouu ! Freddie Leon, soupira Sally. C'est quelqu'un.

— Je présume qu'il est en bonne place sur votre liste des gens importants ?

— Freddie Leon est tout simplement l'agent le plus puissant de Hollywood, fit Sally d'un ton respectueux. Mon ambition, c'est qu'un jour il veuille bien me représenter, moi.

— Vous l'avez rencontré ? demanda Madison

Sally hésita avant de répondre.

— Oh... fit-elle, hésitante, une fois... il y a longtemps.

— Ah oui ? dit Madison tentant de l'encourager car elle flairait une histoire. Qu'est-ce qui s'est passé ?

— Je n'étais pas son type, dit tout net Sally, comme si ce souvenir lui déplaisait.

Madison sentait bel et bien une histoire.

— Sur le plan sexuel ? ou comme cliente éventuelle ? demanda-t-elle.

Sally s'agita sur son siège.

— Un jour, je l'ai pratiquement coincé dans le parking en sous-sol de son bureau. Il m'a envoyée promener. (Elle fronça les sourcils.) Peut-être que le sexe, ça ne l'intéresse pas, parce que, croyez-moi... ça n'arrive pas souvent qu'on m'envoie sur les roses... je veux dire : jamais !

— Vous étiez allée là pour coucher avec lui ? demanda Madison, surprise de sa franchise.

— Oh, non ! répliqua Sally avec indignation. J'y suis allée pour attirer son attention. A cette époque-là, je n'étais pas mariée, ma carrière n'avançait pas : alors je tentais ma chance.

Madison se dit que la sincérité de Sally était bien rafraîchissante.

— On arrive bientôt ? demanda Sally, qui commençait à s'énerver.

— Oui, dit Madison. C'est le moment de vous préparer. Rappelez-vous ce que je vous ai dit : fermez les yeux, respirez un bon coup et comptez lentement jusqu'à cent. Je vous dirai quand nous nous serons posés.

— Vous êtes formidable! s'exclama Sally. Vous comprenez, je n'ai pas d'amie fille : elles sont toutes jalouses, précisa-t-elle avec un petit sourire triste. Je ne sais pas pourquoi... en y mettant le prix, elles pourraient avoir ce que j'ai. Enfin, pas tout, ajouta-t-elle d'un ton songeur. Elles ne pourraient certainement pas avoir Bobby... il est à croquer, et il est tout à moi!

— Depuis combien de temps êtes-vous mariés ?

— Ça fait exactement six mois, deux semaines, trois jours et, si j'avais une montre, je dirais probablement trente-trois secondes, fit-elle avec un petit rire un peu gêné. Je n'ai pas l'air trop amoureuse, non ?

— Qu'est-ce que fait Bobby ?

— Il fait des tas de trucs dangereux : il pilote des motos, des voitures, des trucs comme ça. Il saute par-dessus quelque chose comme quarante-deux cars. Des cascades, quoi.

— Oh, oui, j'ai lu des articles sur lui. Bobby Skorch. L'homme qui risque sa vie tous les jours.

— C'est mon Bobby, dit Sally avec fierté. Vous êtes mariée ?

Madison secoua la tête.

— Ça me fait peur, dit-elle, songeant brièvement à David qui ne le lui avait jamais proposé.

Pendant deux ans, ils avaient été inséparables : aujourd'hui c'étaient de parfaits étrangers l'un pour l'autre.

— J'ai été mariée avant Bobby, annonça Sally. Un trou du cul d'acteur complètement schizo.

— Ah oui ? Mais encore ? fit Madison en riant.

Sally fronça de nouveau les sourcils, en pensant à son ex.

— Il m'a réclamé une pension alimentaire. Vous vous rendez compte ? Il s'imagine toujours qu'un de ces jours je vais le reprendre. Il en tient vraiment une couche !

— Combien de temps êtes-vous restée mariée avec lui ?

— Assez longtemps pour que ce salaud me casse le bras deux ou trois fois. Sans parler d'un œil au beurre noir, de bleus et tout ça.

— Un vrai charmeur...

— C'est ce qu'il croyait être.

Sally ne dit plus rien jusqu'à l'atterrissage. Alors, elle ouvrit les yeux et déboucla sa ceinture.

— Un jeu d'enfant ! s'exclama-t-elle. Vous voulez pas que je vous engage comme monitrice ?

— Je crois que je vais passer mon tour, fit Madison en souriant.

Elle se leva et s'étira.

— Si vous n'avez personne qui vous attend, on peut vous déposer quelque part avec notre limo, proposa Sally. Bobby aime bien le modèle extra long avec le jacuzzi à l'arrière. Ça fait trrèèès Hollywood, mais, comme on vient tous les deux de la cambrousse, on adore ça !

— Je vous remercie, dit Madison, souriant toujours. Mon amie vient me chercher.

— Il faudra absolument venir nous voir, dit Sally en griffonnant son numéro de téléphone sur un menu qu'elle lui tendit. Vous êtes très sympa... et rudement bien aussi, dans le genre normal.

— Merci, dit Madison en riant. Je pense que c'est un compliment !

— Je parle sérieusement, dit Sally avec enthousiasme. Notre maison de Pacific Palisades est sensass.

— J'en suis certaine.

— Oh, mon Dieu ! gémit Sally, faisant semblant de frissonner. Voilà le satyre.

Bo Deacon était devant elle, tout lavé et brossé — et aspergé d'une entêtante eau de toilette. Il essaya bien de prendre le bras de Sally, mais, trop rapide pour lui, elle recula habilement dans les bras d'un homme d'affaires bedonnant ravi d'avoir bel et bien touché la succulente Sally T. Turner.

Un représentant de la compagnie aérienne

s'approcha à grands pas, impatient d'accueillir ses deux vedettes. Madison entendit Bo souffler à Sally d'un ton venimeux :

— Qu'est-ce qu'il y a, petite garce ? Tu voudrais oublier les gens qui t'ont amenée là où tu es aujourd'hui ?

Madison secoua la tête et débarqua de l'avion, puis traversa d'un pas vif l'aéroport jusqu'au tapis des bagages.

— Madison ! cria Natalie, surgissant de nulle part. Me voilà !

— Enfin, dit Madison avec un grand sourire, ravie de la voir. C'était un long vol.

Elles s'étreignirent chaleureusement.

— La circulation... une horreur ! se plaignit Natalie. Je suis arrivée tout juste à temps.

— Tu m'as épargné un trajet en limo.

— Comment ça ?

Madison désigna Sally T. Turner et Bobby Skorch, qui s'embrassaient fougueusement près de la sortie.

— J'aurais pu faire du stop avec eux.

— Sans blague, fit Natalie incrédule. La succulente Sally T., le rêve de tous les branlotins.

— J'aurais tout à fait pu : Sally est ma nouvelle meilleure amie.

— Est-ce que ça veut dire que tu aurais troqué

ma superbe plastique noire contre celle d'une blonde plantureuse ?

— Parfaitement, dit Madison. Tu ne m'imagines pas copine avec Sally ? On a tant de choses en commun.

— Hmmm, fit Natalie en observant le couple : le mari est rudement mignon.

Madison jeta un coup d'œil à Sally et à Bobby, toujours en train de s'embrasser, malgré — ou peut-être à cause de — la présence de quelques paparazzi.

— Je ne vois que du cuir noir, des cheveux longs et des tatouages.

— Quelquefois, fit Natalie avec un petit rire gras, je les aime un peu brutes et pittoresques.

Oh, bon sang! pensa Madison. *On se croirait au collège : ça ne fait pas deux minutes qu'on est ensemble et déjà on discute mecs.*

— Voilà ma valise, dit-elle, la saisissant au vol. Allons-y.

— Avant que tu te laisses tenter par une balade en limo ? lança Natalie pour la taquiner.

— Ne sois pas ridicule ! rétorqua Madison en riant.

Quelques instants plus tard, elles roulaient vers les collines de Hollywood où Natalie partageait une petite maison avec son frère Cole, professeur de gymnastique. Madison regardait par la vitre :

soleil, palmiers, McDo et stations-service. Ah, L.A., quelle ville !

Malgré ses réserves concernant Hollywood et sa faune, son reportage l'excitait. Freddie Leon était un homme puissant et très en vue qui parvenait à ce qu'on parle exceptionnellement peu de sa vie privée. Une femme. Deux enfants. Aucun scandale. Pourtant voilà un homme qui avait la mainmise sur les plus grands talents de Hollywood. Un homme que tout le monde écoutait.

Elle était déterminée à tout découvrir : révéler l'homme réel sous l'image impénétrable.

C'était un défi.

Madison avait toujours aimé les défis.

CHAPITRE VI

— Je m'en vais, annonça Freddie Leon à son assistante, Ria Santiago.

Ria leva les yeux quand Freddie passa devant son bureau. C'était une séduisante quadragénaire de type hispanique qui travaillait pour Freddie depuis un peu plus de dix ans. Elle le connaissait mieux que personne — ce qui ne voulait pas dire grand-chose, car Freddie était un homme extrêmement renfermé qui se consacrait tout entier à ses affaires.

— Faut-il que je téléphone à Mme Leon pour lui dire que vous êtes en route ? demanda Ria, en tapotant un crayon sur son bureau.

— Non, dit Freddie. J'ai une course à faire en chemin. Je l'appellerai moi-même de la voiture.

— Très bien, répondit Ria, qui n'allait pas s'aviser de lui demander où il allait.

Freddie pénétra dans l'ascenseur privé qu'il partageait avec son associé de I.A.A., Max Steele, et appuya sur le bouton du garage en sous-sol. Quand il sortit de la cabine, sa Rolls bordeaux attendait, astiquée et rutilante : il était très méticuleux et la moindre éraflure sur une de ses voitures le rendait fou.

Willie, le voiturier, se mit au garde-à-vous.

— La météo annonce qu'il pourrait pleuvoir, monsieur Leon, lança-t-il, prenant soin de respirer de l'autre côté pour éviter d'envoyer au visage de Freddie des vapeurs de scotch, dont il venait tout juste de boire une lampée à la bouteille.

— La météo se trompe, Willie. Je sens la pluie quand elle arrive.

— Très bien, monsieur Leon, acquiesça respectueusement Willie en reculant encore d'un pas.

Il savait mieux que quiconque faire du lèche-bottes : ça lui valait cinq cents dollars d'étrennes chaque Noël.

Freddie monta dans sa voiture et sortit prudemment de l'immeuble de l'I.A.A., repassant dans sa tête les événements de la journée pour s'assurer qu'il se souvenait de chaque détail. Moins on mettait de choses par écrit, mieux ça valait : c'était la philosophie de Freddie. Pendant des années, elle lui avait donné entière satisfaction.

Il espérait que Lucinda Bennett n'allait pas lui causer d'ennuis. Il avait négocié pour elle un gros contrat — plus d'argent qu'elle n'en avait jamais touché auparavant — et, avec Kevin Page dans le premier rôle masculin, le film qu'ils allaient tourner ensemble devait être un succès. Et maintenant, Lucinda essayait de lui faire des histoires, mais ça ne marcherait pas : la petite allusion aux négatifs dans son coffre avait dû lui donner à réfléchir. Qu'était donc devenu Hollywood aujourd'hui s'il fallait persuader une actrice, dont la carrière allait se terminer dans moins de cinq ans, d'accepter douze millions de dollars ?

Ah, les gens de talent : c'était une race à part ! Ils étaient égoïstes, ingrats et prévisibles : aussi Freddie parvenait-il à les convaincre qu'il avait toujours raison. Au fond, c'étaient de grands enfants qui avaient besoin d'une affection un peu brutale et de conseils. Freddie leur donnait exactement ce qu'ils cherchaient. Max, son associé à l'agence, était tout le contraire. Max, c'était monsieur beau parleur. Dévoué et toujours en quête de nouveaux talents, Max cultivait son image de play-boy : une superbe Porsche, des costumes confectionnés chez un grand tailleur, un appartement avec terrasse sur Wilshire, des femmes magnifiques. La différence entre eux donnait de bons résultats. Freddie s'occupait des superstars, Max des vedettes un peu moins brillantes.

Freddie sourit, un sourire intérieur. Max se croyait le type le plus malin de L.A. : en vérité, c'était un clown — le clown personnel de Freddie — car personne ne trompait Freddie Leon. Et Freddie savait pertinemment que depuis trois mois Max s'était lancé dans des négociations secrètes pour obtenir un très gros poste dans un studio. S'il décrochait ça, il quitterait I.A.A. et Freddie sans l'ombre d'une hésitation, en vendant sa part dans I.A.A. au plus offrant. Freddie devait penser à son avenir. Max Steele était un traître. Et Freddie savait mieux que personne comment s'y prendre avec les traîtres.

Sans se douter que Freddie Leon était au courant de ses tractations, Max Steele terminait un long déjeuner au Grill en compagnie d'un top-model suédois d'une beauté à couper le souffle : quelque chose comme le sosie de Grace Kelly jeune.

Inga Cruelle voulait effectuer le difficile passage du statut de mannequin à celui de vedette de cinéma. Max Steele voulait lui ôter sa petite culotte de dentelle et se l'envoyer. A chacun son objectif.

— Vous comprenez, dit Inga, tandis qu'ils s'attardaient sur leurs cappuccinos décaféinés, je n'ai pas envie de faire comme Cindy. Un rôle de vedette, ce sera trop difficile pour mon premier essai.

Le culot de ces filles était stupéfiant, se dit Max. Elle avait beau être belle, qu'est-ce qui faisait croire à Inga Cruelle qu'elle pourrait éclater sur le grand écran quand il y avait sur le marché des centaines de comédiennes — des filles connaissant vraiment leur métier — qui n'arrivaient même pas à décrocher une audition ?

— Bien raisonné, dit-il.

Max n'avait pas une beauté de star de cinéma mais, à quarante-deux ans, il gardait un charme juvénile, une tête couronnée de boucles brunes, un corps en forme et il ne manquait pas de style. En outre, sa réputation de tombeur était légendaire.

— Elle Mc Pherson a l'air de bien s'y prendre, dit Inga d'un air songeur. Elle était très bonne dans le film de Streisand.

C'était leur second déjeuner ensemble et Max avait joué son rôle à la perfection : l'agent face à une cliente éventuelle. Rien de plus. En ce moment, Inga, qui était habituée à transformer la plupart des hommes en crétins balbutiants, devait se demander pourquoi il n'avait pas encore pris la moindre initiative.

— C'est une fille intelligente ! lança-t-il. Elle travaille dur.

— Moi aussi, je travaillerai dur, fit Inga, son

ravissant visage arborant un air douloureusement sérieux. Je prendrai même des cours d'art dramatique si vous pensez que c'est nécessaire.

Non, mon chou. A quoi bon ? Tu as une superbe carrière de mannequin. Ne te donne pas tout ce mal.

— Parfait, dit-il. Bonne idée.

— Vous êtes si compréhensif, Max, dit Inga en posant sur son bras une main délicate.

Excellent. Voilà qu'elle fait le premier pas.

— Ecoutez, dit-il de son ton le plus sincère, je veux vous aider, Inga, alors je vais vous envoyer voir un de mes amis metteur en scène. S'il vous trouve bien, peut-être que je pourrai le persuader de vous faire faire un essai.

— Un bout d'essai ?

— Oui, pour qu'on voie ce que vous donnez devant la caméra.

Inga éclata de rire comme si elle trouvait ça parfaitement ridicule.

— Max, dit-elle sans aucune modestie, vous avez vu mes photos. Vous savez que l'objectif m'adore.

— Les photos, ça n'est pas pareil. La caméra a ses idées, objecta Max, abasourdi par la suffisance de cette petite. Vous avez parlé de Cindy. Bien sûr, elle est superbe et elle avait l'air fantastique dans son film. Mais le gros problème, c'était que ses émotions ne passaient tout simplement pas.

— C'est justement pourquoi je n'ai pas envie d'avoir la vedette dans mon premier film, poursuivit Inga, comme si les producteurs faisaient la queue pour l'engager.

— On pourrait peut-être aussi arranger quelque chose sur un plan mondain, dit Max d'un ton nonchalant, amorçant son piège. Peut-être un dîner chez les Leon.

— Votre associé ?

— Les dîners de Freddie sont légendaires.

— Très bien, dit Inga. Est-ce qu'il faudra que j'amène mon fiancé ?

Qu'est-ce que c'était que cette histoire de fiancé ?

— Je ne savais pas que vous en aviez un, dit-il, un peu agacé.

— Mon fiancé habite en Suède, renchérit Inga avec un accent appuyé, qui constituerait sûrement un handicap pour une carrière cinématographique. Il arrive demain pour passer deux jours avec moi au Bel Air Hotel, et puis il reprendra l'avion pour Stockholm.

— Vraiment ? fit Max, encore plus agacé. Qu'est-ce qu'il fait dans la vie ?

— C'est un très grand homme d'affaires,

répondit Inga. Nous nous connaissons depuis le lycée.

Ces détails n'intéressaient pas Max.

— Quand rentrez-vous à New York ? s'enquit-il en se demandant ce qu'elle donnait au lit.

— Peut-être la semaine prochaine, dit Inga. Mon agence s'impatiente. Je leur ai dit combien il était important pour moi de rester ici jusqu'à ce que j'aie pris une décision à propos de ma carrière cinématographique.

— Ça me paraît bien, dit Max, décidant qu'elle n'était sans doute pas sensationnelle sur ce plan-là. Seulement, il faut que je vous prévienne, ajouta-t-il, pas de fiancé aux réunions d'affaires. Laissez-le à l'hôtel.

— Ce ne sera pas un problème, dit tranquillement Inga.

D'un claquement de doigts, Max réclama l'addition que le garçon lui apporta aussitôt.

Alors, elle a un fiancé, se dit-il. *Est-ce que je perds mon temps ou quoi ? Non, elle a aussi ce regard avide. Celui qu'ont toutes ces filles quand elles veulent devenir des vedettes de cinéma.*

— Il est temps de retourner au travail, dit-il.

Il signa l'addition et se leva. Inga se coula hors de leur niche. Elle avait un pantalon blanc et un chandail d'angora rose pâle qui recouvrait les courbes de ses petits seins parfaits. Max savait qu'ils étaient parfaits, et non trafiqués au silicone, parce qu'il avait vu des photos de nu qu'elle avait faites pour le célèbre photographe Helmut Newton dans *Vogue*. Huit pages d'Inga. Bas noirs, porte-jarretelles assorti, talons aiguilles et un danois couché passivement à ses pieds. Très classe. Très nu. Pas vulgaire du tout. Max décida que l'heure était venue d'épingler cette délicieuse Suédoise. Il avait vraiment envie de se la faire.

Et vite.

Fiancé ou pas fiancé, il était sûr de son affaire.

CHAPITRE VII

Kristin n'avait pas de collants blancs : ça voulait dire passer chez Neiman Marcus. Ça n'était pas si terrible : elle adorait flâner dans le luxueux magasin, acheter des vêtements dont elle n'avait pas besoin, passer en revue les rayons de cosmétiques pleins de tentations. Le shopping était une thérapie : cela lui faisait tout oublier.

On avait récemment aménagé un grand bar incurvé au rayon hommes. Kristin aimait s'y installer, à siroter une vodka Martini en rêvant qu'elle était une parfaite épouse hollywoodienne avec deux adorables petits bambins et un mari qui avait une grosse situation. Qui avait une grosse situation *et* qui était fidèle : car tous ceux qu'elle rencontrait étaient des coureurs trompant leur femme sans aucun scrupule. Et Kristin était bien placée pour le savoir : elle avait couché avec la plupart d'entre eux depuis trois ans qu'elle était call-girl à Hollywood.

Kristin et sa sœur cadette, Cherie, étaient arrivées à L.A. voilà quatre ans, avec l'ambition de devenir des vedettes de cinéma. Kristin avait dix-neuf ans, Cherie dix-huit et, comme des centaines de milliers d'adolescentes pleines d'espoir avant elles, elles avaient fait des économies, quitté la petite ville où elles avaient passé le début de leur jeune existence et étaient parties à la conquête de l'Ouest dans une Wolkswagen délabrée.

La vraie beauté de la famille, c'était Cherie — du moins c'était ce qu'on disait toujours. Kristin semblait insignifiante comparée à Cherie. Mais elles étaient très proches et faisaient tout ensemble. A peine arrivées à L.A., elles avaient loué un petit studio et avaient toutes les deux trouvé un emploi de serveuse dans un restaurant italien de Melrose. Cherie tint exactement une semaine avant d'être découverte par un des clients, Howie Powers, le fils trop gâté d'un riche homme d'affaires.

Kristin comprit tout de suite qu'avec Howie, sa sœur n'avait pas décroché le gros lot. Elle apprit qu'il se droguait, buvait et jouait. Elle découvrit aussi qu'il avait tendance à piocher dans l'argent de son père pour se payer des voitures de sport et autant de femmes qu'il pouvait. Du moins jusqu'au jour où il rencontra Cherie et en tomba amoureux.

Howie fit à Cherie une cour pressante, l'emmenant dans les meilleurs restaurants, la couvrant de cadeaux, la traitant comme une reine. Il eut tôt fait de la persuader de lâcher son travail pour venir s'installer avec lui. Kristin le lui déconseilla mais Cherie ne voulait rien entendre.

— Il veut m'épouser, dit-elle, émerveillée et éperdue d'amour. Dès que j'aurai rencontré ses parents.

— Et ce sera quand ? demanda Kristin.

— Bientôt, répondit Cherie. Il m'emmène à Palm Springs pour les voir.

Kristin n'en croyait pas un mot. Howie n'était pas de ceux qui épousent. Il allait mener Cherie en bateau jusqu'au jour où il se lasserait d'elle et, à ce moment-là, il la laisserait tomber. Kristin connaissait ce genre de type : elle avait découvert le syndrome du gosse de riches au lycée lorsqu'elle avait donné sa virginité au capitaine de l'équipe de football qui s'était ensuite vanté de sa conquête auprès de tout le monde. Quand elle avait protesté, il ne lui avait plus jamais adressé la parole.

Kristin voyait en Howie le minable play-boy qu'il était : surtout le jour où il commença à lui faire du gringue alors que Cherie était partie faire des courses. Elle le méprisait, même s'il lui fallait le supporter, par égard pour sa sœur. Jusqu'au soir où elle découvrit que Howie avait rendu Cherie accro à la cocaïne. Furieuse, elle s'en était pris à eux deux. Cherie lui avait dit de se calmer et de s'occuper de ses affaires. Ce qu'elle avait fait.

Deux semaines plus tard, un coup de téléphone en pleine nuit lui annonçait que, sur la route de Palm Springs, alors qu'ils allaient rendre visite aux parents de Howie, celui-ci s'était endormi au volant de sa Porsche : il avait franchi la ligne jaune et avait percuté de plein fouet une autre voiture dont le conducteur avait été tué net. Howie s'en était tiré avec des blessures légères... mais Cherie était dans le coma.

Cela faisait maintenant quatre ans. Cherie était toujours en maison de santé — c'était pratiquement un légume — et Kristin était devenue l'une des plus brillantes call-girls de Hollywood. Elle n'avait pas eu le choix : il fallait bien que quelqu'un paie les frais d'hôpital et ce quelqu'un-là n'était assurément pas Howie Powers — qui avait aussitôt disparu de leur existence.

— Je vous demande pardon, vous permettez que je m'asseye ici ?

Kristin leva les yeux. Un homme s'était installé sur le tabouret à côté d'elle, bien qu'il y eût de nombreuses places libres. Il n'était pas mal, dans le genre un peu ébouriffé : pas du tout Beverly

Hills ou Bel Air. Il portait un T-shirt blanc, un blouson d'aviateur en cuir, un pantalon kaki et des baskets fatiguées.

— Pas le moins du monde, répondit-elle prudemment, en se demandant s'il avait jamais été un client. (Très peu probable : il n'avait pas l'air d'un homme obligé de payer pour ça.)

— Je ne fais pas ça pour engager la conversation, poursuivit-il d'une voix de basse un peu rauque. Mais puis-je vous demander un immense service ?

Pas de service, mon chou. C'est comptant. J'ai des notes à payer.

— Quoi ? fit-elle sèchement.

— Ça va *vraiment* vous paraître du gringue, dit-il avec un grand sourire. Mais, croyez-moi... ça n'est pas le cas. Vous comprenez, il faut que j'aille au mariage de mon père et ça fait des années que je n'ai pas porté de cravate sans compter que, quand il s'agit de vêtements, je n'ai aucun goût. Alors..., fit-il en lui mettant deux cravates sous le nez, qu'est-ce que vous pensez ?

— Qu'est-ce que moi, j'en pense ? répéta-t-elle lentement.

— Oui. J'ai besoin d'une autre opinion. Vous m'avez l'air d'une femme qui sait repérer ce qu'il y a de mieux.

— Pourquoi ne demandez-vous pas à une vendeuse ? conseilla-t-elle.

— Parce qu'elles n'ont pas votre classe ni votre style, dit-il. Vous, vous allez faire de moi le fils que mon père a toujours voulu.

Ça faisait si longtemps qu'elle ne s'était pas vraiment fait draguer qu'elle ne put s'empêcher de sourire.

— Vous n'êtes pas de L.A., n'est-ce pas ? demanda-t-elle.

— Non, répondit-il. Arizona. Je suis arrivé en voiture hier. Le mariage a lieu dimanche. Alors, votre choix ?

Elle examina les deux cravates, toutes les deux sinistrement conservatrices.

— Venez avec moi, dit-elle en se levant. Je suis sûre qu'on peut faire mieux.

Et là-dessus, elle l'entraîna vers le rayon cravates.

Une heure plus tard, avec une cravate Armani bordeaux dans un sac, ils discutaient toujours. Elle avait appris qu'il s'appelait Jake, qu'il était photographe professionnel — à la consternation de son banquier de père. Trente ans, célibataire, il était venu à L.A., engagé par un magazine.

— Ça paye rudement bien, dit-il. Et puis ce sera un défi de photographier les êtres humains au lieu d'animaux et de paysages.

— Des humains ? Ici ? fit Kristin en sirotant son troisième Martini. Vous savez que vous êtes à L.A. ?

— N'ayez pas l'air si blasée, dit-il. Ça ne vous va pas.

Qu'est-ce que tu fous ? se demanda-t-elle avec agacement. *Assise là à flirter avec un parfait inconnu. Et ravie en plus.*

— Il faut que j'y aille, dit-elle brusquement en se levant.

— Pourquoi ? demanda-t-il en se levant à son tour. Y a-t-il un mari dont je devrais connaître l'existence ?

Non, mon chou. Il y a une carrière dont tu ne voudrais pas connaître l'existence. Je suis à vendre. En bloc.

— Un... fiancé, annonça-t-elle sans vergogne. Et il est *très* jaloux.

— C'est normal, dit Jake en la regardant longuement.

Elle éprouva un frisson d'excitation inattendu et se demanda quel effet ça ferait de coucher avec un homme qui n'était pas un client.

N'y pense même pas. Tu es une pute... tu gagnes de l'argent. C'est tout ce qui t'intéresse.

— Eh bien... bonne chance pour le mariage, dit-elle.

— C'est son quatrième, précisa Jake. Il a soixante-deux ans. La jeune épouse en a vingt.

— Je suis sûre que votre cravate va faire un effet bœuf.

— Bien sûr. C'est vous qui l'avez choisie.

Ils échangèrent encore un long regard, puis elle se fit violence pour se diriger vers l'escalier roulant. Au moment où elle allait mettre le pied sur la première marche, il surgit derrière elle.

— Je suis descendu au Sunset Marquis, dit-il. J'aimerais bien que vous m'appeliez. J'aimerais vraiment vous photographier un de ces jours.

Elle hocha la tête. *Pas question.*

— Adieu, Jake, dit-elle.

Il ne s'agissait pas d'être en retard pour M. X.

CHAPITRE VIII

Madison était au téléphone.

— Alors ? fit-elle en tenant le combiné loin de son oreille parce que son rédacteur en chef, Victor, parlait toujours d'une voix de stentor à vous briser les tympans. Quand est-ce que j'ai mon interview avec Freddie Leon ?

— Tu viens d'arriver, non ?

— J'ai débarqué de l'avion il y a une heure.

— Qu'est-ce que tu as ? cria Victor. Tu ne peux pas te poser deux jours et te détendre comme tout le monde ?

— Je ne suis pas d'humeur à me détendre, Victor. Je suis ici pour travailler.

— Toujours le travail, jamais de repos...

— Epargne-moi ces foutaises, dit-elle sèchement. D'ailleurs, tu devrais être ravi que je sois accro au travail. (Une brève pause pour le laisser y réfléchir un moment.) Maintenant, reprit-elle d'un ton sévère, quand ai-je rendez-vous avec lui ?

— Tu es une femme impossible, soupira Victor.

— Je n'ai jamais dit le contraire.

— Mon contact ne revient à L.A. que demain.

— Admirable organisation.

— Personne n'est parfait. Sauf toi.

— Heureux que tu t'en aperçoives.

— Bon, bon, demain, j'arrangerai tout ça. Promis.

— Bien. (Elle hésita un moment avant de poursuivre.) Heu... au fait Victor, voilà, c'est une idée qui m'est venue comme ça...

— Je t'écoute.

— Eh bien, dans l'avion, j'étais assise à côté de Sally T. Turner.

— Veinarde ! s'exclama Victor.

— Je ne savais pas si tu saurais de qui je parlais.

— Mon fils de onze ans et moi nous regardons *Tous à l'eau* chaque mardi soir.

— Touchant !

— Il n'y a rien de touchant chez Sally T. Turner, gloussa Victor avec un ton paillard qui ne lui ressemblait pas. Comme dirait mon fils... c'est un coup super !

— Victor !

— Pardon, lança-t-il. Est-ce que je me suis laissé emporter ?

— Absolument, dit Madison en riant. Ça ne te ressemble pas.

— Qu'est-ce que tu voulais me dire à son sujet ?

— En fait, je pensais qu'elle pourrait nous donner une bonne interview.

— Toi, tu serais prête à interviewer Sally T. Turner ?! demanda Victor, dissimulant mal sa surprise.

— Pourquoi pas ? Elle est d'une sincérité tout à fait rafraîchissante et je suis persuadée qu'elle serait disposée à raconter des tas de choses sur ce qui se passe à Hollywood quand on est une jeune et superbe nana avec... heu... des atouts tout à fait remarquables. Qu'est-ce que tu en penses ?

— Je pense que si toi, tu aimes l'idée, on devrait tenter le coup.

— Bon. Je peux arranger ça en attendant le bon plaisir de M. Leon.

— Bon sang, Madison, cesse de geindre ! Je te recontacterai le plus vite possible.

— J'y compte bien, dit-elle en raccrochant avec un grand sourire.

— Qu'est-ce qui se passe ? interrogea Natalie en lui tendant un verre de jus de pomme glacé.

— Victor a un faible pour Sally T. Tu te rends compte ? Victor ne regarde jamais aucune autre femme qu'Evelyn.

— Et Evelyn est... ?

— Sa femme, bien sûr. Elle le mène à la cravache.

— Tu veux dire, fit Natalie en riant, qu'il aime bien faire fesser son petit derrière ?

— Pas si petit, répondit Madison en souriant à son tour. Victor est comme un gros ours en peluche. Pas du tout le physique de L.A.

Natalie jeta un coup d'œil à sa montre.

— Bon sang ! s'exclama-t-elle en empoignant sa veste. Il faut que j'aille au studio. Tu n'as besoin de rien ?

— Ne t'inquiète pas pour moi, répondit calmement Madison. Je suis l'invitée parfaite. Pose-moi à côté d'un téléphone et je suis ravie.

— Cole ne va pas tarder à rentrer.

— Ça fait des années que je ne l'ai pas vu.

— Alors, attends-toi à un choc, dit Natalie. Tu te souviens probablement d'un petit monstre de quinze ans sec et décharné. N'est-ce pas ?

— Tout à fait, reconnut Madison.

Elle se rappelait comme Natalie était toujours au désespoir parce que son frère cadet ne s'intéressait qu'au rap, aux bandes de jeunes et à la fumette.

— Maintenant, c'est un des moniteurs de culture physique les plus demandés de L.A. Et puis, ajouta Natalie en arrivant à la porte, il m'a avoué qu'il était homo. A tout à l'heure.

— Cole, homo ?

Madison secoua la tête d'un air dubitatif. Qui aurait pu s'en douter ? Certainement pas elle.

Décrochant le combiné, elle essaya le numéro que Sally lui avait donné. Pas de réponse. N'ayant rien d'autre à faire, elle passa dans la petite chambre d'ami pour défaire sa valise. Elle aurait pu descendre à l'hôtel — Victor se montrait généreux pour les notes de frais — mais Natalie aurait été déçue. D'ailleurs, elle avait envie d'habiter chez sa meilleure amie : c'était sans doute la seule fois où elles passeraient un moment ensemble de toute l'année. Et Dieu sait qu'elles avaient des choses à se raconter.

A six heures, elle alluma la télé pour regarder la rubrique spectacles de Natalie.

— J'ai horreur de faire tous ces potins à la noix, lui avait confié Natalie dans la voiture en revenant de l'aéroport. Mais, au moins, on voit mon visage à la télé et c'est une bonne expérience.

Juste au moment où Natalie terminait son spot, Cole entra. Du moins Madison supposa-t-elle que c'était lui : ce grand gaillard en short de gymnastique avec un maillot des Lakers ne ressemblait pas le moins du monde à l'adolescent rebelle et dégingandé qu'elle avait vu pour la dernière fois quand Natalie et elle avaient passé leur diplôme voilà sept ans.

— Cole ? demanda-t-elle.

— Madison ? répondit-il.

Ce fut un échange de sourires et de « tu as l'air en pleine forme ! » et de « ça fait une paye ! ».

Quel gâchis ! songea Madison en l'examinant. Pourquoi tous les mecs vraiment beaux étaient-ils homos ?

— Tu as tout ce qu'il te faut ? demanda Cole en buvant une lampée d'Evian.

— J'ai dit à ta sœur : donne-moi un téléphone et je suis heureuse.

— Tu es ici pour affaires ?

— J'écris pour *Manhattan Style*. Des portraits de gens puissants.

— Qui est-ce que tu épingles cette fois-ci ?

— Freddie Leon, l'agent.

— C'est quelqu'un.

— Tu le connais ?

— Je lui ai donné une leçon particulière une fois où son moniteur habituel était malade. Ma vieille, il ne plaisantait pas.

— Un fana de sport, c'est ça ?

— L'esprit de compétition, c'est ce que j'ai senti. Tu sais, je donne des leçons à son associé, Max Steele.

— Pas possible ! s'exclama Madison. Cole ! je crois que je t'aime !

— Quoi ?

— Max Steele est numéro un sur la liste de gens à qui je dois parler. Quand peux-tu m'arranger un rendez-vous ?

— Hé ! fit Cole en riant. Doucement... j'ai dit que je lui donnais des leçons. Ça n'est pas moi qui organise son emploi du temps.

— Tout ce qu'il me faut, c'est une petite demi-heure, dit Madison, les yeux brillants.

— Max est un gars occupé, il est toujours à courir quelque part.

— Bien sûr, murmura Madison, je pourrais faire arranger ça par le magazine. Mais si toi, tu t'en occupes, ça ira beaucoup plus vite.

— On court tous les matins à sept heures sur la piste de l'U.C.L.A. Si tu passais en faisant ton jogging, je te présenterais.

— Formidable ! j'y serai.

— Et... habille toi sexy : les femmes, ça l'intéresse.

— Ce que je veux, c'est lui parler, dit Madison en riant. Pas me faire sauter !

— On ne sait jamais..., objecta Cole avec un grand sourire. C'est un sacré gaillard.

Madison feignit de prendre un air sévère.

— Un peu de tenue. Je t'ai connu quand tu n'étais qu'un branlotin de délinquant !

— Oui, fit Cole, toujours souriant, eh bien, ça n'a pas beaucoup changé. Sauf que ce ne sont plus les mêmes qui m'excitent.

— C'est ce que m'a dit Natalie.

Il prit une pomme sur le buffet.

— Ça l'agace un peu : tu comprends, son frère, la tantouse. Bah...

Pendant que Cole prenait sa douche, Madison essaya de nouveau d'appeler Sally. Cette fois, ce fut elle qui répondit, d'une voix haletante.

— Bonjour, fit-elle. Ici Sally T.

— Vous vous souvenez de moi ? fit Madison. Votre monitrice de vol.

— Bien sûr que oui, répondit Sally, l'air ravi. Whoouu ! c'est bien de m'appeler. Je ne pensais pas que vous le feriez.

— J'ai parlé à mon rédacteur en chef. Il adore l'idée d'une interview.

— Ça n'a pas traîné.

— Hé non. Est-ce que je peux passer demain vers midi ?

— C'est que..., fit Sally d'un ton hésitant. Il faudrait vraiment que j'en parle à mon attaché de presse. Il va être furieux si j'arrange quelque chose toute seule.

— Les attachés de presse ont l'habitude de tout

bousiller, fit remarquer Madison. Faites-le si vous voulez mais je dois vous prévenir, le temps qu'il organise ça, je serai probablement repartie.

— Vous avez raison, reconnut Sally. J'ai vraiment envie d'être dans *Manhattan Style*. Ce sera une sorte de nouvelle image pour moi, pas vrai ?

— Ce sera marrant, promit Madison.

— D'accord, fit Sally, comme une gosse qui prépare une escapade. Je vais vous donner mon adresse et vous pouvez venir déjeuner demain.

— Avec plaisir.

Et c'était vrai. Il y avait quelque chose de très attirant chez Sally T. Turner. Malgré son apparence de bombe sexuelle — grosse poitrine et nuages de boucles décolorées —, il émanait d'elle une certaine douceur, une vulnérabilité. Un peu comme Marilyn Monroe à ses débuts.

Madison prit son ordinateur pour demander à New York un dossier sur Sally. Puis elle consulta les abondantes notes qu'elle avait réunies sur Freddie Leon et, enfin détendue, elle ajouta une lampée de vodka à son jus de pomme un peu tristounet et s'installa devant la télé en attendant le retour de Natalie.

L.A. se révélait plus amusant qu'elle ne l'aurait cru.

CHAPITRE IX

Freddie Leon décida brusquement de s'arrêter à la propriété que Lucinda Bennett possédait à Bel Air. Il en avait assez d'attendre les contrats signés, assez d'être soumis à ses caprices. En général, il ne faisait pas de visite mais Lucinda était si difficile que ce ne serait peut-être pas plus mal de lui tenir un peu la main. *Tiens la main d'un enfant et tu l'emmènes où tu veux*, lui avait dit son père quand il avait treize ans : il n'avait jamais oublié.

Ce fut Nelly, la fidèle gouvernante antillaise de Lucinda, qui vint ouvrir la porte.

— Tiens, M. Leon, qu'est-ce que vous faites ici ? demanda Nelly. Madame... elle ne vous attend pas.

— Exact, reconnut Freddie en lui tendant les trois douzaines de roses rouges qu'il avait prudemment achetées en chemin. Mettez ces fleurs dans un vase, Nelly, et donnez-les-lui. Dites-lui que j'attendrai dans le salon.

— Elle est en train de se faire masser les pieds, lui confia Nelly.

— Je suis sûr que vous pouvez la déranger, répliqua Freddie en entrant d'un pas résolu dans le salon décoré avec goût et qui donnait sur une piscine d'un bleu infini.

Lucinda possédait plusieurs maisons mais celle-ci était sa préférée. Il se planta près de la fenêtre et regarda le paysage, sachant qu'il aurait peut-être à attendre longtemps : connaissant Lucinda, elle allait devoir se préparer, vérifier son maquillage, sa coiffure, sa toilette. Lucinda était une star de la vieille école, contrairement aux jeunes comédiennes d'aujourd'hui qui venaient s'affaler dans son bureau comme si elles sortaient tout juste du lit de quelqu'un d'autre. Angela Musconni, par exemple, qui avait toujours l'air camée mais était une excellente actrice.

Au bout de vingt-cinq minutes, Lucinda fit son entrée. C'était une grande femme aux traits lisses et imposants, avec des cheveux châtain clair coupés au carré. Elle n'avait rien d'une beauté classique, avec son nez aquilin et son regard perçant, mais elle avait un talent fou et de nombreux fans. Cela faisait près de vingt ans que Lucinda était une vedette.

— Qu'est-ce qui me vaut l'honneur ? demanda Lucinda en faisant son entrée dans la pièce, resplendissante dans un tailleur pantalon en cachemire beige pâle et chaussée d'escarpins à talons aiguilles.

— Je joue les coursiers aujourd'hui, dit Freddie en l'embrassant sur les deux joues.

— Freddie Leon... coursier ? ironisa-t-elle en haussant ses sourcils finement dessinés. J'ai du mal à le croire.

— Mais si, mon chou. Je me rends bien compte à quel point tu es inquiète, alors je suis ici pour venir personnellement chercher ton contrat signé.

— Vraiment ? fit Lucinda, pinçant ses lèvres carmin en une moue dramatique.

— Lucinda, ma chérie, tu devrais bien savoir que jamais je ne te pousserais à faire quelque chose qui ne soit pas bon pour toi.

Lucinda se laissa tomber dans un fauteuil profond et envoya valser ses chaussures comme une gamine de mauvaise humeur.

— Ça n'est pas que je sois difficile, Freddie, dit-elle. C'est simplement que je n'ai pas envie d'avoir l'air... ridicule.

— Comment diable pourrais-tu avoir l'air ridicule ? riposta Freddie.

— Eh bien, Dimitri m'a dit...

— Qui est Dimitri ? l'interrompit-il.

— Quelqu'un que je vois, dit-elle, prise soudain d'une timidité qui ne lui ressemblait pas.

Oh, mon Dieu, c'était donc ça ! Elle avait un nouvel homme dans sa vie et, comme toute la troupe de ceux qui l'avaient précédé, il mettait son grain de sel.

— Je connais Dimitri ? demanda-t-il.

— Non, répondit Lucinda, l'air toujours effarouché. Mais tu vas le connaître.

— Je n'en doute pas, dit Freddie. Il est dans les parages aujourd'hui ?

— Il est près de la piscine, précisa Lucinda. Ne le dérangeons pas : peut-être qu'il dort.

Mon Dieu ! se dit Freddie. *Ne le dérangeons pas pendant qu'il travaille son bronzage. Seigneur ! Où est-ce que ces femmes-là vont chercher des hommes pareils ?*

— Est-ce que je t'ai dit que tu es incroyablement belle aujourd'hui ? dit Freddie, adoptant une stratégie plus légère.

— Non, répondit Lucinda, un peu étonnée. Absolument pas.

— Eh bien, c'est pourtant vrai. Tu es ma cliente la plus importante, et c'est pour ça que je suis ici. (Il se mit à marcher de long en large.) Signe le contrat, Lucinda. Sinon, cette affaire ne se fera pas et je ne voudrais pas que ça t'arrive.

Elle hésitait. Il la sentait au bord de céder... mais pas tout à fait.

— Dimitri m'a dit que si je devais avoir la

vedette en face de Kevin Page, il me ferait peut-être paraître... plus âgée.

— Toi... plus âgée? objecta Freddie en secouant la tête. Tous les jeunes d'Amérique regretteront de ne pas être dans la peau de Kevin Page.

— Tu crois?

— Allons, Lucinda, passons dans ton bureau, signe le contrat et ce sera une affaire réglée.

— Si tu es vraiment sûr...

— T'ai-je jamais donné de mauvais conseils?

Un quart d'heure plus tard, il était dans sa voiture avec les contrats signés, posés sur la banquette auprès de lui. Il suffisait parfois d'un petit peu d'attentions personnelles. Et, pour une affaire de douze millions de dollars, Freddie était prêt à faire quelques efforts.

Les deux hommes qui jouaient au squash n'y allaient pas de main morte. Tous deux proches de la quarantaine, ils étaient également en très bonne forme. Cependant, la partie acharnée les faisait transpirer à grosses gouttes. Max Steele finit par marquer le point décisif.

— Cinquante dollars! cria-t-il d'un ton triomphant. Je les veux en liquide.

Howie Powers s'affala contre le mur. C'était un

rouquin trapu, avec un visage taillé à la serpe et un bronzage permanent.

— Merde, Max ! gémit-il, agacé d'être battu. Il faut toujours que tu gagnes ?

— Et qu'y a-t-il de mal à ça ? dit Max, tout joyeux. A quoi bon jouer si ça n'est pas pour gagner ?

— Je vais peut-être faire un saut pour la journée à Vegas demain, fit Howie en se redressant. Tu veux venir ? On pourrait profiter du jet de mon père : il doit y aller pour affaires.

— Tu ne travailles donc jamais ? dit Max en empoignant une serviette tandis qu'ils se dirigeaient vers le vestiaire.

— Travailler ? Qu'est-ce que c'est que ça ? ricana Howie.

— Je n'arrive pas à comprendre pourquoi je traîne avec un type comme toi, poursuivit Max en secouant la tête. Tu n'es vraiment bon à rien.

— Pourquoi voudrais-tu que je bosse ? rétorqua Howie, sincèrement surpris. J'ai plein de fric.

— Oui, les aumônes que te fait ton vieux.

— Tu oublies mon capital, remarqua Howie avec un autre ricanement satisfait. A quoi bon des aumônes ? Je ne les accepte que parce que mon vieux insiste.

— Tu ne t'ennuies jamais ? demanda Max, en pensant qu'il détesterait n'avoir rien à faire.

— Si je m'ennuie ? fit Howie avec un gros rire. Tu te fous de moi ?! Les jours ne sont pas assez longs pour tout ce que j'ai à faire.

— Bien sûr, ironisa Max en hochant la tête d'un air entendu. Par exemple... aller aux courses, traîner avec les copains, faire un poker, fumer un peu d'herbe, draguer des filles, jouer, renifler un peu de coke, sortir et se saouler...

— Ça me paraît une vie bien réglée, observa Howie dans un grand sourire.

— Moi, dit Max avec énergie, j'aime travailler. Ce qui me branche, c'est le pouvoir.

— Tu es un perfectionniste, mon vieux, dit Howie. Moi... je ne veux qu'une chose : jouir de la vie tant que je peux encore bander !

Max pensa que si lui-même était né avec une cuiller d'argent dans la bouche, il aurait sans doute aussi aimé mener la belle vie. Mais il avait dû travailler dur pour tout ce qu'il avait obtenu : il avait débuté comme coursier dans une agence littéraire où il s'était acoquiné avec Freddie. Une rencontre de hasard, car ils avaient grimpé les échelons ensemble, jusqu'au jour où, voilà dix ans, ils s'étaient lancés et avaient fondé leur propre agence. Aujourd'hui, c'était l'une des trois plus importantes agences de Hollywood.

Et pourtant, malgré une réussite bien méritée, cela faisait un moment maintenant que Max envisageait de changer. Etre agent, c'était une chose, mais diriger un studio lui donnerait beaucoup plus de ce pouvoir dont il rêvait. Alors, pourquoi pas lui ?

Le seul problème, c'était de l'annoncer à Freddie qui ne se doutait absolument pas que son associé envisageait de passer à l'ennemi et qui piquerait une sacrée crise quand celui-ci lui ferait part de ses projets. Mais cette perspective n'impressionnait pas Max.

En attendant, pas un mot avant que le marché soit conclu. Alors seulement il réfléchirait à la meilleure façon de s'y prendre.

CHAPITRE X

Natalie arriva en trombe du studio, avec un sourire rayonnant.

— Tu m'as vue à la télé ? demanda-t-elle avec enthousiasme. Qu'est-ce que tu penses de ce que j'ai fait sur Sally T. et Bo Deacon ?

— J'ai manqué ça, répondit Madison. Qu'est-ce que tu as dit ?

— Oh, quelque chose du genre « devinez qui on a vu ensemble dans l'avion de L.A. », tu sais... le style potin provocateur. Le public adore ça.

— Mais ils n'étaient pas ensemble, fit remarquer Madison.

— Et alors ? dit Natalie dans se démonter. Ils sont tous les deux prêts à tout pour qu'on parle d'eux. Ils seront ravis d'entendre citer leur nom.

— Si tu le dis, murmura Madison, pas tellement convaincue que Sally serait enchantée.

— Je le sais, riposta Natalie d'un ton assuré. Tu devrais lire certaines des lettres que je reçois :

tout ce que les gens veulent, ce sont des commérages.

— C'est triste.

— Allons, rétorqua Natalie, débordante d'énergie. Remue-toi, je t'invite à dîner pour que tu me racontes tout ce qui t'est arrivé avec David.

— C'est une brève histoire, dit Madison, un peu crispée.

— Bon. Tu me raconteras la tienne, je te raconterai les miennes. Oh, tu as vu Cole, finalement ?

— Certainement, dit Madison en prenant son sac. Il est arrivé, a sauté sous la douche, il est reparti en me chargeant de te dire qu'il ne rentrerait pas ce soir.

Natalie leva au ciel un regard désapprobateur.

— Il a rencontré un grand patron du show-biz : le genre à draguer les athlètes en herbe. L'ennui, c'est que Cole ne veut rien entendre contre lui.

— Tu n'es pas sa mère... n'essaie pas de diriger sa vie — surtout sa vie amoureuse.

— Tu as raison, soupira Natalie. Mais, dis donc... j'ai plus d'expérience que lui. Il devrait m'écouter.

— Il m'a appris qu'il donnait des leçons à Max Steele, l'associé de Freddie Leon, reprit Madison.

— Je ne te l'avais pas dit ?

— Non. Mais Cole m'a promis de me le présenter si je suis sur la piste de l'U.C.L.A. à sept heures du matin demain.

— A sept heures ! gémit Natalie en ouvrant la portière de sa voiture. Mon chou, ne compte pas sur moi pour te préparer ton café.

Elles allèrent dîner chez *Dan Tana* et s'installèrent dans une niche tranquille.

— Je t'ai raconté que je prépare un article pour le magazine sur Sally T. ? demanda Madison en commandant une vodka Martini.

— Oui. Le vieux Victor a dû être tout excité quand tu as mentionné son nom ! dit Natalie en commandant une bière.

Madison acquiesça.

— Je compte la faire parler des hommes qui dirigent Hollywood : ils ont tous l'air d'avoir un faible pour les putains et les strip-teaseuses au cœur d'or. Tu sais, Julia Roberts dans *Pretty Woman*. Et Demi Moore dans *Strip-tease*. Je veux l'avis de Sally là-dessus.

— Parfait : tu pourras me refiler tes restes, dit Natalie en étudiant le menu. Je les utiliserai pour mon émission.

— Elle te passionne vraiment, ton émission, hum ?

— Hmmm, dit Natalie en faisant la grimace. Quelquefois oui, quelquefois non. C'est si prévisible... Tous ces gens qui viennent là pour vendre leur livre, leur film, leur cassette de gym... moi, il faut que je fasse semblant de m'intéresser.

— Qu'as-tu envie de faire ?

— Présenter le journal, évidemment.

— Pourquoi pas ?

— Vraiment ? lança Natalie d'un ton désabusé. T'en vois beaucoup, toi, des présentatrices noires ?

— Ma philosophie à moi, fit Madison, c'est que si on veut quelque chose assez fort, on y arrive.

— Commandons, déclara Natalie. Ma philosophie à moi c'est... que la bouffe résout une tripotée de problèmes !

Madison but quelques gorgées de son Martini et se mit à parler.

— Je crois que j'aimais sincèrement David, murmura-t-elle. Mais la vérité, c'est qu'il a eu la frousse.

— C'est bien les hommes ! observa Natalie.

— Certains disent qu'ils aiment les femmes battantes, solides, seulement, quand ils s'en trouvent une, ils ne supportent pas la pression, poursuivit Madison. Nous n'avons jamais parlé mariage. Nous étions simplement heureux d'être ensemble. Jusqu'au jour où il est sorti acheter des cigarettes et n'est jamais revenu.

Elle marqua une pause, secouant la tête à l'évocation de ces souvenirs encore douloureux.

— Ce qui m'a fait le plus de peine, c'est qu'il s'est précipité pour épouser un amour de lycée. Ça, ça m'a paru vraiment moche.

— Ma petite, je sais exactement ce que tu veux dire... Denzl et moi, on vivait un truc formidable jusqu'à ce que je me réveille un matin pour découvrir que cet enfant de salaud n'était plus là. Ni ma collection de C.D. : comme tu peux l'imaginer, ça m'a vraiment foutu un coup. Le perdre, c'était une chose, mais perdre Marvin Gaye !

Elles se regardèrent et éclatèrent de rire.

— C'est pas croyable ! s'exclama Natalie. Deux femmes intelligentes et superbes comme nous, et voilà qu'on se fait plaquer !

— Tu n'étais pas faite pour être avec Denzl, affirma Madison. Pas plus que moi avec David. On va trouver quelqu'un de mieux.

— Oh, au fait, dit Natalie. Le présentateur de mon émission nous a invitées à dîner chez lui demain soir. J'ai dit qu'on viendrait. C'est d'accord ?

— Tu ne cherches pas à me caser, j'espère ? demanda Madison d'un ton méfiant.

— Il est marié.

— Dans ce cas, d'accord. Je suis contre les rencontres arrangées.

Un serveur approcha de leur table.

— Le monsieur qui est au bar aimerait vous offrir une bouteille de champagne.

Elles le toisèrent toutes les deux : un play-boy vieillissant avec une moumoute noire juchée en équilibre sur le haut du crâne leur adressa un geste jovial.

— Remerciez ce monsieur, mais non, déclara Madison.

— Conseillez-lui donc d'économiser son argent pour ses vieux jours, ajouta Natalie comme le serveur s'éloignait. C'est vraiment le truc le plus usé pour draguer, commenta-t-elle avec une grimace. Ce pauvre vieux schnock aurait pu trouver quelque chose de plus original.

— Tu veux parier qu'il va rappliquer pour nous en sortir une autre ?

— Il n'osera jamais, fit Natalie en secouant la tête.

Deux minutes plus tard, il était planté devant leur table. A soixante-douze ans, il estimait probablement être encore dans la course.

— Ce n'est pas possible que deux belles jeunes femmes comme vous ne boivent pas de champagne... s'étonna-t-il.

— Bonjour, dit Natalie d'une voix rauque. Je fais du strip au Body Shop sur Sunset. Soyez-là à dix heures ce soir. Pour cinquante dollars, je vous ferai une danse du ventre spéciale, rien que pour vous !

L'homme recula d'un pas.

— A tout à l'heure, conclut Natalie, maîtrisant difficilement son envie de rire tandis que le fringuant septuagénaire s'empressait de retourner au bar.

— Bonne réplique, remarqua Madison d'un ton songeur. Je devrais peut-être m'en servir de temps en temps.

— Ah ! fit Natalie. Personne ne croirait que tu es strip-teaseuse... Tandis que moi, noire et plutôt mignonne... bah, pourquoi pas ?

— Oh, je t'en prie ! Ça suffit avec tes clichés raciaux ! Tu me rendais déjà folle avec ces foutaises au collège.

— Je dis simplement que c'est comme ça, insista Natalie. Tu es une belle femme *blanche*. Moi, je suis une femme pas mal *noire*. Les types te respectent. Moi, ils me regardent en se disant : elle est noire, donc, pas de problème.

— Ça t'obsède vraiment.

— Je sais de quoi je parle, reprit Natalie en élevant le ton. Quoi qu'il en soit, je suis bien contente que tu ne sois plus avec David parce que s'il a été capable de te plaquer, c'est qu'il ne valait pas un clou.

— Je pourrais en dire autant de Denzl.

— Ce que nous devrions faire, c'est nous concentrer sur nos carrières et devenir de gros bonnets des médias. Tu pourrais avoir ton magazine à toi et moi, je serais la première grande présentatrice noire du journal télévisé. Qu'est-ce que tu en dis ?

— Entendu, ma petite.

— J'aime bien quand tu te détends, quand tu te déboutonnes un peu. Tu es trop souvent coincée.

Là-dessus toutes deux partirent d'un grand éclat de rire.

CHAPITRE XI

Kristin mettait la dernière main à sa toilette quand le téléphone sonna. Elle décrocha.

— Allô ?

— Changement de programme, annonça Darlene. Pas ce soir : demain.

— Vous voulez dire que M. X annule ?

— Pas exactement : il reprogramme simplement.

— Oh, fit Kristin, soulagée et en même temps un peu déçue car elle avait besoin de l'argent.

— Demain. Même heure, même endroit, précisa Darlene. Ça ne te dérangera pas pour ton déjeuner. Tu auras largement le temps de te reposer entre deux rendez-vous.

— Merci de votre sollicitude, répliqua Kristin d'un ton sarcastique.

— Je sais que tu n'aimes pas voir M. X, poursuivit Darlene. Mais, au fond, qu'est-ce que ça veut dire ? Il ne te touche pas et il paye plus que n'importe quel autre client.

— C'est bien ce qui m'inquiète, dit Kristin. Je vous assure, Darlene, il y a quelque chose de bizarre chez ce type.

— Oh, je t'en prie, coupa Darlene en balayant ses appréhensions comme si cela n'avait aucune importance. Des hommes un peu fétichistes... qu'est-ce que ça a de si extraordinaire ?

Déprimée, Kristin reposa le combiné. Elle avait hâte d'être débarrassée de ce rendez-vous. Elle s'était préparée à une autre rencontre bizarre, voilà maintenant que s'annonçait une soirée sans rien de prévu.

Un moment, elle passa en revue les événements de la journée et elle pensa à Jake, le photographe avec le problème de cravate. Il ne savait absolument pas qui elle était ni ce qu'elle faisait. « J'aimerais vous photographier un de ces jours », avait-il dit. Alors, pourquoi pas ? Ça n'allait certainement pas la mener bien loin. Pourquoi ne pas faire, pour changer, quelque chose qui pourrait l'amuser, elle ? Brusquement, elle décrocha le téléphone et obtint le numéro du Sunset Marquis.

Quand la standardiste de l'hôtel répondit, Kristin s'aperçut qu'elle n'avait aucune idée du nom de famille de son photographe.

— Heu... est-ce que vous avez un Jake qui est

descendu chez vous ? dit-elle. Il est photographe. J'ai oublié son nom de famille.

— Laissez-moi vérifier, proposa aimablement la standardiste.

Quelques instants plus tard, elle lui passait sa chambre. Il répondit immédiatement.

— Bunny ? fit-il.

— Ce n'est pas Bunny, répondit-elle en se demandant qui était Bunny.

— Oh... Kristin, dit-il, visiblement heureux de l'entendre. Quelle bonne surprise ! Pourquoi appelez-vous ?

Pourquoi appelait-elle en effet ?

— Euh..., fit-elle, je vous ai menti.

— Ah oui ?

— Je... je n'ai pas de fiancé. Ce que j'ai, c'est un mari très jaloux.

— Et vous étiez impatiente de me le dire.

— Il est absent pour le moment.

— Voilà qui est encourageant.

Suivit un long silence que Kristin finit par rompre, se surprenant elle-même.

— Vous êtes libre ce soir pour dîner ?

— Moi ? marmonna-t-il, cherchant manifestement à gagner du temps.

— Non. Mel Gibson, rétorqua-t-elle sèchement, regrettant d'avoir posé la question.

— Euh... vous voulez dire que vous pouvez effectivement dîner avec moi ?

— C'est exactement ce que je dis.

— A quelle heure voudriez-vous que je passe vous prendre ?

— C'est moi qui vous retrouverai, s'empressa-t-elle de répondre car elle ne voulait pas qu'il sache où elle habitait.

— Bon, dit-il lentement. Et où ça ?

Elle n'arrivait pas à réfléchir. Elle ne voulait pas le retrouver là où elle risquait de croiser des clients.

— Je vais... je vais passer à votre hôtel, proposa-t-elle.

Mal joué ! Maintenant, il allait penser qu'elle était une fille facile. Ah ! si seulement il savait à quel point. Chère, mais quand même facile.

— Si vous voulez, dit-il. A quelle heure dois-je vous attendre ?

Cela faisait si longtemps qu'elle n'avait pas eu de rendez-vous normal qu'elle ne savait absolument pas quoi proposer.

— Sept heures et demie, ça vous va ? dit-elle en songeant que ça lui laisserait largement le temps d'ôter sa tenue d'une blancheur immaculée pour passer quelque chose de plus convenable.

— Entendu.

— Vous êtes certain que vous pouvez ?

interrogea-t-elle, espérant à demi qu'il allait lui dire qu'il était occupé.

— Est-ce que je dirais oui si je ne pouvais pas ?

— Non...

— Quel est votre numéro au cas où j'aurais besoin de vous joindre ?

— Je ne suis pas à la maison, mentit-elle.

Et elle raccrocha rapidement pour ne pas avoir à répondre à d'autres questions. Elle était furieuse contre elle-même. *Qu'est-ce que tu fabriques ?* se dit-elle. *Quelle idée de prendre un stupide rendez-vous avec un idiot que tu ne connais même pas ?*

Parce que j'ai bien le droit de m'amuser un peu de temps en temps, non ? J'ai le droit de me conduire comme un véritable être humain.

Non, absolument pas. Tu as choisi d'être une pute. Tiens-t'en à ce que tu connais.

Elle se présenta à son hôtel à l'heure — la ponctualité était une des règles de la parfaite call-girl. Il attendait dans le hall, l'air toujours un peu hirsute avec son blouson de cuir et ses cheveux trop longs. Elle avait changé dix fois de tenue, se décidant finalement pour une petite robe noire toute simple avec deux ou trois beaux bijoux — qui lui avaient été offerts par un marchand d'armes arabe. Dès qu'elle l'aperçut, elle comprit qu'elle était trop habillée.

— Hé ! s'exclama-t-il en se dirigeant vers elle. C'est vraiment une agréable surprise.

— Vraiment ? répondit-elle.

— Et comment, dit-il avec un sourire. (Elle lui sourit aussi.) Où voulez-vous aller ?

— Heu... où vous voulez.

— Je débarque, vous savez.

Elle envisagea les possibilités. Ses clients l'emmenaient dans tout ce qu'il y avait de plus ruineux comme restaurants et boîtes de nuit. Certains maîtres d'hôtel la connaissaient et savaient ce qu'elle faisait.

— Si on allait... au Hamburger Village ? proposa-t-elle, après avoir rapidement réfléchi.

— Vous êtes trop jolie pour aller dans un McDo.

— Allons donc, fit-elle. J'adore les hamburgers.

C'est toi qui me plais ! criait une petite voix dans sa tête. *Tu me plais parce que tu es normal, parce que tu ne vas pas me payer. Parce que tu ne sais pas ce que je fais, que tu ne sais rien de moi.*

— On prend ma voiture ou la vôtre ? demanda-t-il en l'entraînant dehors. La vôtre est sans doute mieux parce que tout ce que j'ai à vous offrir c'est une vieille camionnette délabrée qui, je peux vous l'assurer, a connu des jours meilleurs.

— Prenons la vôtre, répondit-elle en se disant

que ce soir elle avait vraiment envie de se sentir une fille ordinaire qui va passer une soirée ordinaire.

— Alors, dit-il comme ils montaient dans sa camionnette. Qu'est-ce qui vous a fait changer d'avis ?

— A propos de quoi ?

— A propos de sortir avec moi ?

— Vous ne me l'avez jamais demandé.

— Parce que, quand vous avez mis le pied sur cet escalier roulant aujourd'hui, vous n'aviez aucune intention de me revoir.

— Pourquoi dites-vous ça ?

— Je lis dans les pensées.

— Vous voyez comme vous vous êtes trompé.

— J'en suis ravi.

Ils allèrent au Hamburger Village et s'installèrent dans un coin, côte à côte. Kristin commanda un double cheeseburger et un grand milk-shake au chocolat. Elle avait l'impression de se retrouver au lycée, de sortir avec un amoureux.

Jake avait plein de choses à raconter. Il parla de photographie, des gens qu'il avait rencontrés, avec qui il avait travaillé. Il raconta les six mois qu'il avait passés à New York et à quel point il avait détesté ça. Elle découvrit que, tout en étant un photographe primé avec plusieurs brillantes expositions à son actif, il ne se prenait pas trop au sérieux. Il la fit rire en lui parlant de son père vieillissant et de la future épouse qu'il allait prendre. Elle adorait l'écouter. Il était intéressant, drôle, plein d'humour et incroyablement séduisant.

— Je n'ai pas fait ça depuis des années, dit-elle, se vautrant avec délice dans la décadence tout en sirotant avec une paille son épaisse boisson au chocolat.

— Fait quoi ?

— Des années que je ne me suis pas empiffrée comme ça.

— Pourquoi donc ?

— Mon... euh... mon mari, répondit-elle d'un ton hésitant, ne fréquente pas des endroits comme ça.

— Laissez-moi deviner, dit Jake en la dévisageant avec attention. Votre mari est très riche et beaucoup plus âgé que vous... exact ?

Elle hocha la tête. *Oui, Jake. Ils sont tous plus âgés que moi, et ils sont tous riches, lubriques et abominablement pervers.*

— C'est exact, murmura-t-elle.

— Vous êtes trop belle pour croupir dans un mariage malheureux, dit-il, une sincère sollicitude se lisant dans ses yeux bruns. Vous êtes prise au piège : vous devriez en sortir pendant que vous le pouvez.

— Je sais, dit-elle.

— Vous avez un bon avocat ?

— Le meilleur, répondit-elle, revoyant l'image du mielleux Linden Masters, l'homme qui représentait toutes les filles de Darlene.

— Alors, vous devriez lui dire que vous voulez vous tirer de là.

— Je... je compte le faire, dit-elle en examinant les lèvres de Jake et en se demandant ce que ce serait de l'embrasser — un vrai baiser — sans être payée pour le faire.

Il surprit son regard et se mit à lui poser d'autres questions. Aussitôt elle devint évasive, ne voulant pas tout lui dire. Au bout d'un moment, il se rendit compte qu'il se heurtait à un mur. Il fit machine arrière et demanda l'addition.

— Allons, dit-il en se levant. Je ferais mieux de vous raccompagner jusqu'à votre voiture. J'ai eu une rude journée et je commence à le sentir.

Rude journée ? A choisir des cravates ? Quel était donc son problème ?

— Très bien, murmura-t-elle, feignant la plus totale indifférence. Je suis fatiguée aussi.

C'était incroyable. Il avait à portée de main la possibilité d'obtenir gratis ce qu'elle faisait généralement payer un prix exorbitant, et il était *fatigué* ! Peut-être allait-il retrouver Bunny... ou Dieu sait qui.

Enfin. Peu importait.

La prochaine fois, elle y réfléchirait à deux fois avant d'essayer de vivre comme une femme normale.

CHAPITRE XII

Il n'y avait pas grand monde sur la cendrée de l'U.C.L.A. Madison était surprise : elle s'attendait à trouver la piste grouillante de coureurs. C'est vrai qu'il était très tôt. Elle était arrivée là juste avant sept heures et avait commencé à trottiner sur place parce qu'il faisait frisquet. Elle regarda autour d'elle pour voir si elle apercevait Cole et son client. Pas trace d'eux encore.

Cole lui avait conseillé une tenue un peu sexy, mais elle n'avait pas l'intention d'attirer Max grâce à son prétendu sex-appeal : elle était sûre qu'il avait toutes les actrices et tous les mannequins qu'il voulait. Elle avait donc passé un épais survêtement, fourrant ses longs cheveux noirs sous une casquette de base-ball rouge.

Elle était occupée à faire des étirements quand Cole et Max finirent par apparaître. Cole était assurément un bel échantillon de mâle. Max Steele faisait pâle figure à côté de lui, mais il était quand même séduisant dans le rôle un peu voyant du magnat de Hollywood.

— Hé, Madison !... fit Cole en lui faisant un grand geste de la main. Qu'est-ce que tu fabriques ici ?

— Qu'est-ce que j'ai l'air de faire ? répondit-elle en s'efforçant de ne pas frissonner. Du jogging, bien sûr. Tu t'imagines que nous autres, New-Yorkais, on ne met jamais les pieds sur une piste ?

— Je ne savais pas que ça te branchait, s'étonna Cole, jouant son rôle à la perfection.

— Oh, mais si, répondit-elle sans vergogne. En vérité, elle n'avait aucun penchant pour les activités physiques et elle devait se prendre par la main pour aller deux fois par semaine à la gym.

Max la toisait de la tête aux pieds.

— Bonjour, dit-il en tendant la main. Max Steele.

— C'est vous, Max Steele ? dit Madison, feignant la surprise. Ça alors, quelle coïncidence !

— Comment ça ?

— Max Steele, de l'International Artists Agency ?

— A moins qu'il n'y ait un autre Max Steele dans les parages dont j'ignorerais l'existence.

— Je suis Madison Castelli. J'écris pour *Man-*

hattan Style. Je suis à L.A. pour faire un reportage sur votre agence.

— Alors, comment se fait-il que je ne sois pas au courant ? demanda Max, qui continuait à l'inspecter et aimait assez ce qu'il voyait.

— Parce que je suis censée rencontrer demain Freddie Leon. On m'a dit que c'était à lui qu'il fallait que je parle.

— Oh, on vous a dit ça ? riposta Max, manifestement agacé. Vous a-t-on dit aussi que Freddie et moi, nous sommes associés ?

— J'ai cru comprendre que Freddie Leon dirigeait l'agence mais, évidemment, j'ai entendu parler de vous.

— Encore heureux, fit Max d'un ton sarcastique. Eh bien, vous n'avez pas fini d'entendre parler de moi.

— Vraiment ?

— Et comment, ma jolie ! (Elle fronça les sourcils. Il ne parut pas le remarquer.) Vous voulez trotter avec nous ? demanda-t-il.

— Avec plaisir.

Second mensonge de la journée.

Ils démarrèrent lentement, Cole passant en tête, tandis que Madison restait derrière auprès de Max.

— Comment avez-vous débuté dans le métier d'agent littéraire ? demanda-t-elle.

Il se mit à parler : de la salle des coursiers chez

William Morris, de la façon dont lui et Freddie avaient décidé de tenter l'aventure et avaient monté I.A.A. ensemble.

Au bout de quelques minutes, elle était hors d'haleine.

— Vous savez, fit-elle, haletante, ça fait un moment que je n'ai pas fait ça. Quand vous aurez fini, est-ce qu'on peut aller prendre un petit déjeuner quelque part ?

— Je n'ai jamais vu un seul de vos papiers, dit Max en la dévisageant. Peut-être que je ne devrais pas vous parler.

— Vous voulez savoir ce que j'écris ? dit-elle en faisant semblant d'être vexée. Je tiens la chronique mensuelle « On parle d'eux ». Appelez mon rédacteur en chef si vous voulez. Victor Simons. Je suis sûre qu'il se fera un plaisir de vous renseigner.

— Pas la peine, dit Max. Parce que j'ai décidé de vous faire confiance. Mais j'aimerais quand même voir quelques-uns des articles que vous avez écrits.

— Je vais demander à New York de vous envoyer par le Net mes interviews de Magic Johnson, John Kennedy Junior, Henry Kissinger. Oui, et puis il y a un article intéressant que j'ai fait sur Castro quand je suis allée à Cuba.

— Oh, oh, je suis impressionné, fit Max en

riant. Vous êtes bien trop jolie pour être aussi sérieuse.

— Vous êtes bien trop intelligent pour sortir ce genre de clichés éculés.

— Vous n'avez jamais envisagé une carrière de mannequin ?

— Et vous ?

Il éclata de rire et se tourna vers Cole.

— Comment connaissez-vous cette dame ?

— Elle était au collège avec ma sœur.

— Dites donc, coupa Madison. Est-ce qu'on peut se retrouver pour un petit déjeuner quand vous aurez fini de courir ?

Max acquiesça, tirant de la poche de son survêtement un petit portable. Il composa un numéro.

— Anna, dit-il. Annulez mon petit déjeuner de neuf heures et retenez-moi une table pour deux au Peninsula.

— Je suppose, conclut Madison dans un grand sourire, que ça veut dire oui ?

Le petit déjeuner avec Max se passa bien. Il lui raconta une foule d'histoires sur tous les gens qu'il avait découverts et dont il prétendait avoir fait d'énormes vedettes. Madison écoutait attentivement. Difficile de lui arracher des renseignements sur Freddie Leon : Max n'avait vraiment envie de parler que de lui et de ses succès. Elle parvint pourtant à lui tirer quelques jolies formules : Max ne péchait pas par excès de modestie.

Elle savait qu'elle n'était pas tout à fait franche avec lui à propos de l'interview, mais elle sentait que, s'il apprenait que l'article concernait Freddie Leon, il se refermerait comme une huître. De toute évidence, Max ne s'intéressait qu'à lui-même.

En sortant, il proposa de lui fournir des photos et suggéra que, dans le courant de la semaine, elle passe à son bureau où ils pourraient poursuivre leur conversation.

— Encore une chose, dit-il, tandis qu'ils attendaient leurs voitures.

— Quoi donc ?

— Je ne devrais pas vous dire ça, déclara-t-il. C'est strictement confidentiel et ça doit rester entre nous.

— Vous m'intriguez.

— Dans les prochaines semaines, je vais faire une déclaration qui va laisser tout le monde sur le cul.

— Comme c'est intéressant ! Si je promets de ne pas en parler avant que vous m'ayez donné le feu vert, pouvez-vous me dire de quoi il s'agit ?

Max se dandina sur ses grands pieds, puis il jeta un coup d'œil autour de lui pour s'assurer que personne ne les écoutait.

— Je... je ne peux rien vous dire pour l'instant.

— Eh bien... vous savez où me joindre. Et oui... j'aimerais bien passer un jour à votre bureau.

— Quand voyez-vous Freddie ?

— C'est en train de s'organiser.

— Vous voulez que je lui dise un mot pour vous ?

— Ce serait gentil.

— N'oubliez pas : pour cet article, il vous faut une vedette et, mon chou, c'est une vedette que vous êtes en train de regarder.

— Parfait, murmura-t-elle, appréciant moyennement le « mon chou ».

— Oui, parfait.

Il monta dans sa Maserati d'un rouge étincelant et démarra.

CHAPITRE XIII

— Je ne sais pas ce que vous avez fait, mais laissez-moi vous le dire : vous êtes vraiment le meilleur !

— Merci, Sam, lâcha Freddie en se disant que c'était bien sa veine de tomber sur cet agent à la petite semaine dans le parking de son immeuble : la simple vue de ce gnome barbu lui donnait des ulcères. Qui êtes-vous venu voir ?

— Vous, bien sûr, répondit Sam en emboîtant le pas à Freddie.

— Je ne me rappelais pas que nous avions rendez-vous, dit Freddie, qui savait pertinemment que non.

— Nous n'en avons pas, reprit Sam. J'ai tenté ma chance en me disant que vous auriez bien une minute ou deux pour moi.

— Ma matinée est très chargée, Sam, dit Freddie en entrant dans la cabine de son ascenseur.

Vous feriez mieux de prendre un rendez-vous avez mon assistante.

— Pas besoin, poursuivit Sam en le suivant dans l'ascenseur. Je peux vous expliquer ce que j'ai à vous dire en montant.

Coincé, songea Freddie avec agacement.

— Où voulez-vous en venir, Sam ?

— Eh bien voilà, annonça Sam, se rengorgeant tant il avait l'impression d'être important. Je suis ici pour vous rendre un service mais, si vous n'avez pas le temps d'entendre ce que j'ai à vous dire...

— Allez-y, dit Freddie en ravalant son exaspération.

— Bon, dit Sam en parlant du coin de la bouche comme un indicateur de film policier, voilà de quoi il retourne. Max Steele compte vous lâcher et vendre sa part d'I.A.A. au plus offrant. Je le tiens de quelqu'un de tout à fait fiable.

Freddie avait appris que dans la vie il faut savoir écouter. Alors, au lieu de dire « je le sais déjà », il resta un moment silencieux. Puis :

— Expliquez-moi ce que vous savez.

— Eh bien, dit Sam, votre associé a eu des entretiens secrets avec Billy Cornelius à propos des studios Orpheus. Et, d'après ce que me dit ma source très bien placée, Billy compte engager votre petit Maxie comme directeur de production, avec l'idée de lui faire reprendre tout le fourbi une fois qu'il aura viré Ariel Shore.

— Intéressant, dit Freddie, le visage impassible.

— A ce qu'on dit, ces négociations-là sont secret d'Etat, continua Sam en se curant les dents d'un ongle douteux. Alors j'ai pensé que je ferais mieux de prévenir Freddie... au cas où il ne serait pas au courant.

Freddie lança à Sam un long regard glacé.

— Vous croyez qu'il peut se passer quelque chose dans cette ville sans que moi, je sois au courant ? Vous le pensez vraiment ?

— C'était juste par précaution, dit-il en se dandinant d'un pied sur l'autre.

— Je vous remercie du renseignement, dit Freddie d'un ton égal.

— Et je vous remercie d'avoir décidé cette garce à signer son contrat, grommela Sam. Cette connasse !

Freddie le foudroya du regard.

— N'insultez jamais Lucinda, dit-il comme l'ascenseur s'arrêtait à son étage. C'est votre cliente et elle mérite tout votre respect. Elle vous a fait gagner beaucoup d'argent : vous auriez tort de l'oublier.

— Bien sûr, balbutia le petit homme en virant au rouge tomate.

Freddie lui lança un autre long regard glacial, passa devant le bureau de Ria, entra dans le sien et claqua la porte derrière lui. Sam Lowski était vraiment un minable : s'il n'avait pas mis le grappin sur Lucinda au début de sa carrière, il ne serait nulle part aujourd'hui. D'ailleurs, sans elle comme cliente, il était moins que rien et Freddie avait horreur de devoir traiter avec la racaille. Mais son information était exacte : elle confirmait ce que Freddie savait déjà.

Ariel Shore, chef de studio à Orpheus, était une bonne amie de Freddie. Elle avait suivi sa rapide ascension et s'était réjoui de sa réussite : c'était une femme intelligente et, en affaires, elle était — comme lui — une tueuse aux manières charmantes avec une classe folle.

Billy Cornelius, c'était autre chose. Grand gaillard rougeaud de soixante-douze ans, milliardaire, il ne se contentait pas d'être propriétaire d'Orpheus : il possédait une kyrielle d'entreprises de spectacle et de sociétés diverses. Roi des médias, c'était aussi un enfant de salaud qui eût préféré vous poignarder dans le dos plutôt que de vous regarder en face.

Au cours de l'année précédente, Max Steele avait conclu une alliance avec Billy. Ils formaient un drôle de duo, mais Freddie ne s'était jamais plaint car avoir Billy Cornelius dans le camp d'I.A.A. représentait un atout majeur.

Ria l'appela sur la ligne intérieure.

— Votre femme est en ligne.

— Oui ? dit-il en décrochant.

— Je me demandais, fit Diana d'un ton hésitant. Est-ce que tu voudrais me confirmer le plan de table pour ce soir ?

Bon sang ! il avait oublié. Ils avaient encore un de ces assommants petits dîners de Diana.

— Qui est-ce qui vient ? demanda-t-il sèchement.

— Des gens dont tu as approuvé les noms la semaine dernière, répondit Diana, un peu tendue. Tu te souviens ? Nous avons vu la liste ensemble.

— Faxe-moi la liste et le plan de table. Je vérifierai.

— Je pourrais très bien le faire, risqua Diana.

— Non, Diana, laisse-moi m'en occuper.

— Comme tu voudras.

Elle raccrocha brutalement.

Freddie resta un moment immobile derrière son bureau, en se demandant pourquoi il était toujours si désagréable avec sa femme. Il savait qu'il la traitait avec froideur, mais il ne pouvait s'en empêcher. On aurait dit qu'il lui en voulait de l'avoir épousé. Pauvre Diana, en public, elle était l'épouse parfaite : jamais elle ne le laissait tomber, elle était toujours à son côté, élégante, cultivée. A la maison, elle ne disait jamais non au lit, lorsqu'il était d'humeur : ce qui n'était pas fréquent car ça ne l'intéressait plus de faire l'amour à sa femme. Ils étaient mariés depuis plus de dix ans et il ne restait rien de cette frénésie sexuelle qu'ils avaient connue au début de leur relation. Et puis, elle était la mère de ses enfants : il ne pouvait donc plus la considérer comme un objet sexuel. D'ailleurs, le sexe pompait l'énergie d'un homme et il avait besoin de toutes ses forces pour son travail. Dieu merci, elle avait ses œuvres de charité et les enfants pour l'occuper.

Il réfléchit au fait que la proche défection de Max Steele était maintenant de notoriété publique. Si Sam Lowski était au courant, ce devait être le cas de tout le monde. Freddie décida que le moment était venu d'agir. Oui, il allait traiter Max comme lui seul savait le faire.

Ria frappa et entra dans son bureau en apportant deux fax de Diana qu'elle lui remit. La liste des invités et le plan de table. Il étudia d'abord la liste. Max Steele y figurait, il amenait Inga Cruelle. Freddie se souvenait vaguement d'avoir entendu Max lui parler de ce superbe top model. « La fille la plus baisable que tu aies jamais vu », telle avait été la description de Max. « Il faut qu'on la case dans quelque chose. »

Oui, il le faut, songea Freddie. *On va la caser en plein milieu d'une confrontation entre toi et moi, Max. Parce que, si tu t'imagines que tu vas t'en aller sans m'en parler, tu te fourres le doigt dans l'œil.*

Freddie continua d'examiner la liste. Lucinda et son nouveau petit ami, Dimitri. Intéressant... Kevin Page et son amie du moment, Angela Musconni : rien de tel que de jeunes talents pour mettre un peu d'animation dans une soirée. Parmi les autres invités, un homme d'affaires milliardaire et sa femme, un financier de New York et sa maîtresse à L.A., et le patron d'une chaîne de télé. Ça ferait un mélange acceptable.

Freddie reposa la liste. Etre invité chez les Leon était un privilège très couru : il fallait au moins rendre justice à Diana pour ça, tout le gratin de L.A. se battait pour être sur la liste.

Il sonna Ria.

— Passez-moi Ariel Shore, dit-il. Et si elle n'est pas au studio... trouvez-la. Il faut que je lui parle tout de suite.

CHAPITRE XIV

Kristin avait un client régulier (elle le voyait une fois par mois) qui aimait bien déjeuner avec elle avant de la regarder opérer avec une fille qu'il avait choisie. Au cours du déjeuner, il la faisait lui raconter des histoires sur les clients du mois précédent et à son tour il lui servait d'incroyables potins sur les vedettes de Hollywood. Mais Kristin ne s'y intéressait pas : elle se fichait éperdument de savoir qui faisait quoi à qui. En bonne professionnelle, elle gardait le silence et exerçait son métier du mieux qu'elle pouvait. Pas question de raconter des histoires sur un client.

Alors, au lieu de révéler la vérité, elle inventait des récits d'extravagants ébats que son client écoutait les yeux brillants et le sourire satisfait.

D'ordinaire, après sa séance avec ce client-là, elle allait rendre visite à sa sœur dans la maison de santé juste à côté de Palm Springs où — tant que Kristin aurait les moyens de payer les factures —

Cherie résidait. Aujourd'hui, elle ne pourrait pas y aller puisque que M. X avait changé son rendez-vous. Foutu M. X ! Ce type lui donnait la chair de poule. Sa façon de se déguiser, ses exigences perverses. Il était sinistre, peut-être même dangereux.

Pour le déjeuner, elle mit un petit tailleur beige pâle de chez Armani. Sous sa veste, elle portait un corsage crème au décolleté plongeant et pas de soutien-gorge, si bien que les pointes brunes de ses seins se voyaient à travers le tissu léger. Son client appréciait que les autres hommes du restaurant la regardent avec convoitise. Il ne se doutait pas que plusieurs d'entre eux étaient aussi des clients à elle et savaient exactement qui elle était et ce qu'elle faisait.

Il aimait déjeuner chez Morton où il avait sa table. Kristin arriva la première et s'installa en se demandant, comme toujours, ce qui pouvait brancher ce type. C'était un homme puissant, qui ne manquait ni de charme ni de personnalité : il n'aurait sans doute eu que l'embarras du choix parmi la plupart des jeunes actrices et mannequins de Hollywood et, pourtant, il choisissait de déjeuner avec elle un fois par mois et de payer pour qu'elle fasse l'amour. Au fond, ça n'était pas si étrange. Si elle avait été une femme comme les autres, avec qui il aurait entretenu une relation normale, il aurait été obligé de faire la conversation, d'envoyer des fleurs, de lui offrir des cadeaux, bref de préparer le moment ultime. Avec elle, il savait où il en était, il la payait et elle rentrait chez elle. Pas de problème.

Et puis elle ne voyait pas d'inconvénient à faire ça avec une autre fille. Pourquoi en aurait-elle vu ? C'était sa profession. Elle savait qu'un grand nombre des femmes qui faisaient son métier étaient lesbiennes, tellement écœurées par les hommes et leur façon de traiter les femmes qu'elles avaient viré de bord. Même si Kristin savait tout ce qu'il fallait faire, elle n'avait aucun penchant pour ce genre d'activité.

Elle regarda son client arriver, affable et souriant, échangeant quelques plaisanteries avec des connaissances en passant devant leurs tables. C'était un assez brave type et elle ne détestait pas leur rendez-vous mensuel. Seule l'idée de voir M. X dans l'après-midi la déboussolait.

— Bonjour, Max, dit-elle comme il s'asseyait en face d'elle.

— Salut, poupée, répondit Max Steele en appelant le serveur pour commander un thé glacé.

Ses pensées voletaient ici et là. Il avait tant de choses en train et pourtant il n'arrivait à penser qu'à son rendez-vous du soir avec Inga Cruelle. Elle lui en faisait voir et il aimait ça. Pour Max, tout le sel des relations avec les femmes résidait dans la poursuite, la conquête. Une fois qu'il était arrivé au but, ça ne l'intéressait plus. Voilà pourquoi il ne s'était jamais marié et pourquoi il aimait retrouver Kristin une fois par mois. Pas d'exigence, des performances sexuelles sensationnelles, le fantasme de deux filles ensemble qui le faisait rêver depuis l'âge de treize ans, quand il bavait sur la double page de *Playboy*.

— Comment ça va, Max ? demanda poliment Kristin.

— Fichtrement bien, répondit-il. Je suis en forme, les affaires roulent, tout baigne, mon chou.

— Toujours célibataire ? demanda Kristin.

Ça ne l'intéressait pas vraiment, mais elle savait qu'il aimait la voir faire semblant.

Il éclata d'un grand rire.

— Tu me connais, bébé... une seule femme ne pourrait jamais faire l'affaire. (Il but deux bonnes gorgées de thé glacé et se pencha vers elle d'un air avide.) Alors, voyons un peu, ma jolie, racontemoi : qu'est-ce qui se passe au pays des putes ?

— Eh bien, dit-elle, en jouant avec le verre de vin qu'elle avait prudemment commandé, même si en général elle ne buvait pas à ses rendez-vous, il y a eu ce politicien qui est arrivé de Washington, quelqu'un de très haut placé au Sénat.

Max se pencha encore plus près : c'était le genre d'histoires qu'il adorait. Si seulement il pouvait lui arracher des noms, mais elle ne voulait jamais révéler l'identité de ses clients. Au fond, c'était une bonne chose : ça voulait dire qu'elle ne parlait jamais de lui.

— Tu ne veux pas me dire son nom ? demanda-t-il, plein d'espoir comme toujours.

— Tu sais, fit-elle avec un sourire énigmatique, que je ne peux pas faire ça.

Il passa une main dans les boucles de ses cheveux bruns.

— Tu n'es vraiment pas comme les autres, mon chou. Comment se fait-il que tu aies choisi d'être call-girl et non pas actrice ou mannequin ?

— Tu me poses cette question à chaque fois, Max.

— Et quelle est la réponse ?

— Je peux *choisir* avec qui je couche. (*Faux,* se dit-elle. *Si tu peux choisir, pourquoi vas-tu retrouver M. X, alors que tu sais que c'est un malade, un pervers ?)* Les mannequins et les actrices... elles doivent satisfaire des gens, elles s'inquiètent de leur prochaine couverture de magazine, de leur prochain film. Moi... je n'ai jamais à m'inquiéter du prochain client : il y a une liste d'attente.

— Tu vas me donner le nom de ton politicien ? demanda Max, brûlant d'impatience.

— Tu sais bien que non, rétorqua Kristin en secouant la tête.

— Bon, bon... Tu peux au moins me dire ce qu'il a dans la tête — ou plus bas, ça dépend de ce qui le branche.

— Eh bien...

Et Kristin inventa une histoire fabuleusement érotique que Max écouta, les yeux exorbités.

Le rituel était immuable. Déjeuner d'une heure durant lequel elle le gavait d'histoires de sexe : elle jurait qu'elles étaient vraies — et c'était le cas pour certaines. Ensuite, elle suivait sa voiture jusqu'au Century Plaza Hotel où il avait réservé une suite au dernier étage. L'autre fille attendait et, après avoir reniflé un peu de coke, tous les trois passaient dans la chambre. Max s'asseyait dans un fauteuil à regarder et à lancer des ordres pendant qu'elles faisaient tout ce qu'il demandait. Parfois il venait les rejoindre, parfois pas. Puis il les payait en espèces et chacun rentrait chez soi.

Cela faisait près d'un an maintenant qu'elle répétait ce scénario avec Max Steele et la succession des événements ne variait jamais.

Elle se demanda vaguement comment il réagirait si elle lui expliquait que la seule raison pour laquelle elle faisait ça, c'était de pouvoir faire vivre sa sœur, toujours dans le coma, en maison de santé. Est-ce qu'il lui proposerait de l'argent pour l'aider à quitter le métier ? Ou bien mettrait-il tout simplement un terme à leurs rendez-vous mensuels parce qu'elle lui donnait des remords ? Difficile à savoir.

Max jeta un coup d'œil à sa Rolex en or. Il avait failli annuler Kristin ce jour-là, pensant qu'il devait peut-être se ménager pour les activités du soir. Et puis il s'était dit que mieux valait faire un peu l'amour l'après-midi : comme ça, il ne serait pas trop anxieux avec Inga. Il resterait maître de la situation et, s'il parvenait enfin à lui faire ôter son excitant petit string, il pourrait lui faire le numéro de grand amant pour lequel il était connu. Un peu de sexe avec Kristin calmerait son appétit. Elle connaissait bien son métier.

Il examina son visage tandis qu'elle buvait son vin à petites gorgées. Une sacrément jolie fille, au style radicalement différent de celui d'Inga. Blonde, fraîche et jolie. La fille d'à côté avec un corps à tomber.

Max n'avait été amoureux qu'une fois dans sa vie : une fille du lycée qui l'avait mal traité, en l'humiliant devant ses amis. Il ne l'avait jamais oubliée, il ne lui avait jamais pardonné non plus.

C'était bon d'être avec une femme qu'il contrôlait pendant une bonne heure. C'était satisfaisant d'être celui qui prenait les décisions.

CHAPITRE XV

— Salut. (Ce fut Sally T. elle-même qui vint ouvrir la porte de sa grande propriété de Pacific Palisades. Pieds nus, elle portait une petite robe bain de soleil des plus réduites qui lui couvrait à peine le haut des cuisses. Ce qu'on voyait surtout, c'étaient ses longues jambes bronzées, ses seins plantureux gonflés à la silicone, ses cheveux blonds décolorés et une bonne tartine de maquillage.) C'est si bon de vous voir ! dit-elle, pleine d'enthousiasme. Entrez donc.

Madison pénétra dans la vaste demeure où elle fut aussitôt assaillie par deux petits chiens blancs ébouriffés qui lui sautaient autour des chevilles en reniflant et en aboyant.

— Voici Tic et Tac, dit Sally T. sans essayer de les calmer. N'est-ce pas qu'ils sont adorables ? Bobby me les a offerts le jour de notre mariage. Nous les avons emmenés en voyage de noces et ils ont fait des saletés dans toute la chambre. Mon

Dieu... il était furieux ! Mais, vous savez ? maintenant il les adore autant que moi. (Elle ramassa un des chiens et blottit son visage dans la fourrure du petit museau.) Je suis si heureuse quand j'ai des animaux autour de moi. Vous en avez ?

— Ça n'est pas facile, répondit Madison, quand on vit dans un appartement à New York.

— Tenez, déclara Sally T. avec enthousiasme. Si ces deux-là font un jour des petits, je vous en enverrai un. J'ai lu un article où on disait qu'on vit dix ans plus vieux si on a un chien.

— Dix ans plus vieux que quoi ?

— Que vous êtes drôle ! s'exclama Sally T. en éclatant de rire.

Madison regarda autour d'elle. L'entrée n'était que débauche de tapis et murs en miroirs. Juste en face d'elle, un portrait géant de Sally T., les fesses à l'air, allongée à plat ventre sur une fourrure blanche.

— Ça vient de ma première séance de photos pour *Playboy*, annonça fièrement Sally. Je sais que les gens sont un peu étonnés que je l'accroche dans l'entrée, mais on peut dire que ça attire l'attention ! (Elle pouffa.) Bob l'adore. Il amène tous ses amis... rien que pour le voir.

— Ça ne m'étonne pas, murmura Madison.

Un Oriental en pantalon orange moulant et débardeur blanc apparut.

— C'est Froo, dit Sally avec un geste dans sa direction. Si vous voulez quoi que ce soit, vous n'avez qu'à demander. C'est lui qui nous prépare le déjeuner. Et après, si vous voulez un massage, il fait ça aussi.

— Non, merci, s'empressa de répondre Madison.

— Vous êtes sûre ? dit Sally en lui faisant traverser le salon pour gagner les bords d'une piscine de taille olympique. Si vous le laissez vous pétrir les pieds, c'est absolument divin !

Madison admira la vue sur l'océan scintillant — une vraie carte postale !

— On pourra prendre un bain après le déjeuner, dit Sally. C'est excellent pour les seins... ça les garde fermes... vous voyez ce que je veux dire.

— Je n'ai pas pensé à prendre mon maillot de bain, dit Madison.

— Pas d'importance, je vous prêterai quelque chose.

L'idée de retrouver sa mince silhouette dans un des extravagants maillots de bain en latex noir de Sally T. fit sourire Madison.

— On va déjeuner au bord de la piscine, dit Sally. C'est sssiiii Hollywood. Mais j'en rêvais quand j'étais petite fille. Je faisais le souhait de vivre un jour dans un endroit comme ça. Et mon souhait s'est réalisé. Il y a des jours où il faut que je me pince... vous ne trouvez pas ça dingue ?

— Vous savez, dit Madison, qui sentait que ça allait être une interview formidable, c'est exactement de ça que je voudrais vous parler : vos rêves, comment vous êtes arrivée ici, la façon dont les gens que vous avez rencontrés vous ont traitée, les hommes de Hollywood, tout ça.

— Whooouu ! fit Sally en riant. En général les gens veulent juste connaître mon tour de poitrine.

— Eh bien, aujourd'hui, dit Madison, ça va certainement être différent.

CHAPITRE XVI

Kristin venait de finir de s'habiller tout en blanc pour son rendez-vous avec M. X quand son téléphone sonna. Répondre ou ne pas répondre... c'était la question. Ce pouvait être M. X qui annulait une nouvelle fois, ou bien la maison de santé avec des nouvelles de Cherie. Elle ne pouvait pas se permettre le luxe de ne pas répondre : elle décrocha donc rapidement.

— C'est bien la reine du hamburger ? fit une fois masculine.

— Heu...

— C'est moi, Jake. Je vous dérange ?

Dans un grand élan, elle lui avait donné son numéro de téléphone mais elle n'avait jamais pensé qu'il appellerait. Malgré elle, un petit frisson d'excitation la parcourut.

— Eh bien..., dit-elle d'un ton hésitant.

— Il me semble que oui, soupira-t-il.

— Non, non..., s'empressa-t-elle de rectifier. Je peux vous parler.

— Je me rends bien compte que je m'y prends à la dernière minute, dit Jake, mais je vais chez mon frère ce soir pour un petit dîner sans façon. Pouvez-vous venir ?

Non, Jake, j'aurai d'autres occupations avec un répugnant pervers.

— J'aimerais bien, seulement...

— Je sais, je sais, dit-il d'un ton désabusé. Vous avez sans doute des types qui font la queue tout autour du pâté de maisons.

Qu'est-ce qu'il voulait dire par là ?

— En fait, j'ai un rendez-vous d'affaires, dit-elle, un peu crispée.

— Je pensais... Comme hier soir c'est moi qui ai parlé tout le temps, je n'ai jamais eu l'occasion de vous demander ce que vous faisiez.

Je suis une call-girl, mon chou. Extrêmement chère. Très douée. Alors, si tu sais ce qui est bien pour toi... détale.

— Je... heu... je suis maquilleuse, inventa-t-elle. Je vais chez les gens et je leur fais un maquillage professionnel.

— Sans blague ?

— Mais oui. C'est ce que je fais.

— Tiens, fit-il avec entrain. Dans ce cas, peut-être que je pourrais vous engager ?

— Je vous demande pardon ? fit-elle, se rembrunissant.

— Photographe. Maquilleuse. On devrait travailler ensemble.

Une partie d'elle avait envie de poursuivre la conversation, mais le bon sens lui soufflait d'éviter toute relation personnelle. Avoir une aventure ne pouvait que lui causer de gros problèmes.

Alors, pourquoi lui as-tu donné ton numéro de téléphone ?

Est-ce que je sais ?

— Heu... il faut que j'y aille, dit-elle, se rendant compte qu'elle balbutiait un peu. Je vais être en retard à mon rendez-vous.

— Si je vous donnais l'adresse de mon frère, peut-être que vous pourriez passer plus tard, quand vous aurez fini ? (Un silence éloquent.) J'aimerais beaucoup vous revoir, Kristin.

Et moi aussi, Jake.

— D'accord, fit-elle en prenant un bout de papier et un stylo.

Elle n'avait aucune intention d'y aller — mais au cas où elle changerait d'avis...

Tandis qu'elles roulaient vers la maison de Jimmy Sica dans la Vallée, Madison raconta à Natalie son après-midi chez Sally T.

— Je n'aurais jamais cru que je dirais ça, commença-t-elle. Mais Sally est adorable. Si j'étais un homme, je tomberais sans doute amoureux d'elle... malgré les seins siliconés et tout le tremblement.

— Oh, allons donc, fit Natalie, incrédule. Sally T. Turner, c'est vraiment le cliché de Hollywood. De gros nibards et des cheveux mousseux.

— C'est vrai qu'elle joue ce rôle, expliqua Madison. C'est pour ça qu'elle a tant de succès. Mais je t'assure que sous tout ce clinquant se cache une très charmante petite gosse qui savoure chaque instant. Crois-moi... cette femme a eu du mal à arriver.

— Je pense bien, fit Natalie en rejetant la tête en arrière. Et je peux te raconter comment.

— Ne sois pas garce.

— Je ne suis pas garce ! protesta Natalie avec indignation. J'exprime simplement tout haut ce que *tout le monde* pense d'elle.

— Non, tu as des préjugés. Si tu la connaissais un peu, je te promets... tu la trouverais vraiment charmante.

— Bon, bon, si tu le dis, fit Natalie, doublant un énorme camion en le frôlant dangereusement. Et le joli petit mari ? Tu l'as rencontré ?

— Il est à Vegas, dit Madison, s'assurant que sa ceinture de sécurité était solidement bouclée. Il a appelé dix fois et ils ont eu des conversations de tourtereaux. C'était trop mignon. Ils ont vraiment l'air d'être amoureux.

— Je crois que je vais vomir, grimaça Natalie.

— Vas-tu cesser d'être aussi cynique ?!

— Ce qui me surprend, c'est toi ! lança Natalie. Je serais prête à parier que leur mariage ne tiendra pas jusqu'à la fin de l'année.

— Pas du tout, Natalie, fit Madison en secouant la tête. Tu te trompes. Ce qu'il y a entre eux est sincère. Tu comprends, ils viennent tous les deux de petites villes, ils sont tous les deux arrivés à L.A. bien décidés à réussir. Maintenant, ils ont tout le monde à leurs pieds et ils adorent ça. Je te le dis, je l'aime beaucoup et tu l'aimerais aussi si tu la connaissais.

— Je t'en prie, fit Natalie, toujours pas convaincue.

— Elle m'a raconté des histoires formidables, annonça Madison.

Voilà qui retint l'attention de Natalie.

— Hmmm..., fit-elle, les yeux brillants. Donne-moi tous les détails.

— Non. Il faudra que tu les lises dans le magazine comme tout le monde.

— Oh, allons donc, gémit Natalie. Tu ne me ferais pas ça... à moi, ta meilleure amie.

Madison prit appui des deux mains sur le tableau de bord.

— Oh, mais si.

— Voici ce que je te propose, dit Natalie en passant gaillardement d'une file à l'autre. Tu me donnes tous les détails croustillants avant que le magazine soit dans les kiosques et moi, je ferai toute une émission sur elle... tu comprends, ça fera une belle pub au magazine et les gens se précipiteront pour l'acheter.

— Je suis navrée de te décevoir, déclara Madison, mais ils se précipitent de toute façon.

— Tu n'es pas drôle.

— Je n'ai jamais dit que je l'étais.

Quelques minutes plus tard, Natalie arrêtait sa voiture dans un effrayant crissement de pneus devant une modeste villa dans une petite rue tranquille.

— Bon, il vaudrait mieux que je te rancarde un peu sur Jimmy Sica.

— Je t'écoute, fit Madison, soulagée d'être arrivée entière.

— Il est incroyablement bel homme, avec une femme charmante... il a sa photo fièrement exposée sur son bureau. (Un petit silence.) Et... je crois qu'il me fait du gringue.

— Comment ça, tu *crois* qu'il te fait du gringue ? dit Madison en haussant un sourcil. Ou bien il t'en fait, ou bien il ne t'en fait pas.

— Eh bien, fit Natalie d'un ton hésitant, je pense que oui mais, au fond, je n'arrive pas à y croire parce qu'il a une si jolie femme.

— Et toi, tu n'es pas jolie peut-être ? C'est ton nouveau genre... de jouer les modestes ?

— Je ne suis pas son type.

— Ce n'est peut-être pas un *type* de femme qu'il cherche. Peut-être qu'une bonne partie de jambes en l'air ferait l'affaire.

— Tâche d'être un peu convenable, ma fille !

Riant de bon cœur, elles descendirent de voiture.

— Tu sais, Nat, dit Madison comme elles s'avançaient vers la maison, tu es terriblement naïve. Les hommes mariés sont tous les mêmes : aucun d'eux ne dirait non à un peu de distraction.

— Qui est-ce qui est cynique maintenant ?

— Bah, c'est la vérité, dit Madison, sur la défensive.

— Ah, toi et tes vérités !

— Ma pauvre chérie, conclut Madison en secouant la tête. Que sont devenues les valeurs morales ?

Elles arrivaient devant la porte. Natalie haussa les épaules.

— Les valeurs morales ?... C'est quoi, au juste ?

CHAPITRE XVII

Kristin était excitée, mais ce n'était pas à l'idée de revoir M. X. Assise au volant de sa voiture, elle ne pouvait détourner ses pensées de Jake. C'était vraiment ridicule, car elle était trop maligne pour laisser quiconque l'empêcher de récolter assez d'argent pour mettre fin à sa carrière de call-girl. Et si elle se permettait de tomber amoureuse, c'est exactement ce qui se passerait.

Oublie-le, lui soufflait son esprit froid et calculateur. *Ça n'est qu'un micheton qui ne s'imagine pas qu'il doit payer.*

Et pourtant... il avait une chaleur, une timidité sincère, un regard amical et un sourire qui la faisaient fondre.

Pour la première fois depuis qu'elle avait commencé dans le métier, elle éprouvait bel et bien un profond désir sexuel. Elle avait *envie* de coucher avec lui, elle voulait faire l'amour longtemps, posément, sans se faire payer, et se réveiller au matin pour se trouver prisonnière de ses bras robustes.

Un peu de réalisme.

Et pourquoi donc ?

Elle s'arrêta à un feu rouge et se mit à pianoter nerveusement sur le volant. Assez pensé à Jake : elle ferait mieux de se préparer à rencontrer M. X. et à subir ses exigences perverses.

Suivant ses instructions, elle était tout de blanc vêtue : robe courte et lunettes de soleil à monture blanche. Darlene lui avait faxé l'adresse du motel où elle devait se rendre et rester assise dans sa voiture garée devant la cabine numéro six jusqu'à nouvel ordre.

Une voiture s'arrêta à sa hauteur et le conducteur lui lança quelques œillades suggestives. Elle fit semblant de ne pas le remarquer et démarra rapidement.

Le motel — tout en bas de Hollywood Boulevard — était une baraque délabrée. Machinalement, elle vérifia que la portière de sa voiture était verrouillée lorsqu'elle s'engagea dans la cour pleine d'ornières pour stopper devant la chambre numéro six.

Un ivrogne sortit de l'ombre en titubant, une bouteille de mauvais scotch bien entamée à la main. Il lui fit un clin d'œil et passa devant sa voiture en rotant bruyamment.

Dix minutes s'écoulèrent. Elle s'efforça de garder son calme et de ne penser qu'aux quatre mille dollars qui paieraient pendant quelque temps les frais de clinique de sa sœur.

SI SEULEMENT JE N'AVAIS PAS A FAIRE ÇA !

Ah, mais tu y est bien obligée !

Une main gantée frappa à sa vitre. C'était un homme en livrée de chauffeur noire, sa casquette à visière rabattue sur le front, d'épaisses lunettes de soleil lui masquant complètement les yeux.

Etait-ce M. X ?

Allez donc savoir.

— Laissez votre voiture ici et venez avec moi, dit-il d'une voix étouffée.

Elle prit une profonde inspiration et descendit, fermant la portière à clé derrière elle.

— Par ici, murmura le chauffeur en l'entraînant vers une limousine de couleur sombre garée au bord du trottoir.

Il ouvrit la portière arrière et elle monta docilement. Il se dirigea vers l'avant de la voiture et s'installa au volant.

— Où allons-nous ? demanda-t-elle.

— M. X. demande que vous vous mettiez un bandeau sur les yeux, dit le chauffeur sans se retourner. Vous le trouverez sur la banquette auprès de vous.

Tâtonnant sur le cuir de la banquette, elle trouva le bandeau et le plaça sur ses yeux.

Quatre mille dollars. En liquide. Qu'importe : c'était la dernière fois qu'elle faisait affaire avec M. X.

CHAPITRE XVIII

Diana Leon accueillit son mari à la porte de leur propriété de Bel Air.

— Tu es en retard, dit-elle d'un ton irrité.

— Je ne savais pas que je pointais, répliqua Freddie en entrant dans la maison.

Les employés du traiteur s'activaient à la préparation du dîner. C'était une véritable ruche !

— Comment peux-tu me faire ça ? lança-t-elle en le foudroyant du regard.

— Te faire quoi ? demanda-t-il, essoufflé.

— Inviter deux personnes de plus.

— Tu peux les caser, dit-il en avançant à grands pas vers l'escalier.

— Non, je ne peux pas, riposta Diana en le suivant, furieuse. On ne peut être que seize à notre table et voilà que tu as ajouté deux invités de plus.

— Eh bien, on se serrera un peu.

— Pourquoi ne les avais-tu pas mis sur notre liste ?

— Diana, fit-il avec agacement. Est-ce que je te dis comment t'occuper de la maison ?

— Non.

— Alors, lança-t-il, ne me dis pas comment m'occuper de mes affaires. C'est extrêmement important qu'Ariel soit ici ce soir.

— Avec son mari que tu ne peux pas supporter ? fit remarquer Diana d'une voix pincée.

— Il faut parfois supporter le type qui est derrière la femme, ou dessous, selon le cas.

— Ariel était ici le mois dernier, observa Diana en croisant les bras.

— Eh bien, elle sera là de nouveau.

— Pourquoi as-tu attendu la dernière minute ? fit Diana en le suivant toujours, jusque dans la chambre.

— Oh, bon Dieu ! coupa-t-il en entrant dans sa salle de bains. Il faut que je prenne une douche. Laisse-moi tranquille.

Et là-dessus, il lui claqua la porte au nez. Une fois débarrassé de Diana, il se planta devant sa coiffeuse en marbre et se regarda dans la glace.

Il lui fallut quelques instants avant de mettre de l'ordre dans ses pensées et de commencer à réfléchir de façon cohérente. Il n'arrivait toujours pas à croire que Max serait assez stupide pour essayer de vendre sa moitié de l'I.A.A. sans lui en parler d'abord. Il devait quand même avoir une idée de ce que ce serait d'avoir Freddie Leon comme ennemi ?

Non, sans doute pas, car Max pensait la plupart du temps avec sa queue : c'était utile avec les clientes mais, comme n'importe quel idiot le savait, le cerveau a toujours plus de résistance que la queue : lui, au moins, il est toujours d'attaque.

— Bonjour, mesdames, dit Jimmy Sica en ouvrant toute grande la porte de sa maison et en les invitant à entrer.

— Bonjour, répondit Madison.

Natalie avait raison. Jimmy Sica était incroyablement bel homme dans le style *je-suis-présentateur-de-télé-avec-un-sourire-à-tomber*.

— Enchanté de vous rencontrer, fit Jimmy en lui pressant la main un chouïa trop fort tandis qu'une rousse très mignonne surgissait derrière lui. Et voici ma femme, Bunny, ajouta-t-il en prenant Bunny par la taille.

— Bunny ? fit Madison d'un ton interrogateur.

— Je sais, dit Bunny avec un grand sourire assorti à celui de son mari. Ça fait vraiment idiot, tout le monde le dit. On m'a donné ce surnom quand j'étais petite fille et ça m'est resté. Je collectionnais les petits lapins, je continue d'ailleurs, seulement Jimmy m'oblige à les cacher dans un placard.

— Allons, allons, fit Jimmy en tapotant les fesses de sa femme. Ne révèle pas tous nos petits secrets. Madison risque de faire un article là-dessus. C'est une grande journaliste de New York.

— Je sais, fit Bunny en se dégageant. Tu me l'as déjà dit, Jimmy, mon chou. (Elle gratifia Madison d'un sourire éblouissant, exhibant des dents d'un blanc parfait.) Soyez la bienvenue, Madison. Nous sommes enchantés de faire votre connaissance. J'espère que nous allons tous devenir bons amis.

Oh, mon Dieu! songea Madison. *Pourquoi est-ce que j'ai accepté de faire ça? Je suis parfaitement contente toute seule. Je pourrais écrire mon article sur Sally. Je n'ai pas besoin d'être avec des gens. Surtout des gens comme eux.*

Natalie s'était dirigée droit vers le bar pour se jucher sur un tabouret recouvert de velours.

— Qu'est-ce que tu prendras? fit Jimmy en se précipitant pour se placer derrière le comptoir.

— N'est-ce pas l'heure des margaritas? répondit Natalie, qui ne pouvait s'empêcher de flirter. Tu sais les faire?

— Si je sais? dit Jimmy, comme si c'était la chose la plus ridicule qu'il eût jamais entendue. Je sais faire n'importe quoi si je m'en donne la peine.

Il lui lança un regard lourd de sous-entendus.

Natalie jeta un rapide coup d'œil pour voir si Madison l'avait remarqué, mais Bunny était occupée à lui montrer une toile qu'ils avaient récemment achetée, représentant deux lapins poursuivis par un renard à l'air féroce.

— Ce que j'aime dans ce tableau, expliquait Bunny à Madison d'un ton sérieux, c'est que ce vilain renard ne les a pas encore attrapés. Est-ce que ce n'est pas chou ?

— Si, si, acquiesça Madison en étouffant un bâillement.

On entendit le bruit lointain d'une chasse d'eau, puis un Noir extraordinairement costaud fit son entrée dans la pièce.

— Luther, dit Jimmy en l'aiguillant vers Natalie, dis bonjour à ma camarade de collège. (Luther se pencha vers elle du haut de sa grande taille.) Luther était dans l'équipe des Chicago Bears, précisa Jimmy. Enfin, jusqu'à ce qu'il se pète l'épaule.

— Whooouu ! s'exclama Natalie en se disant que c'était vraiment un beau morceau. Je pense que vous êtes rétabli maintenant, hein ?

— Encore en vie, petite sœur, répondit Luther dans un grand sourire. Je me suis acheté une petite affaire d'électricité. C'est mieux que de se faire cogner les couilles chaque week-end... pardonnez l'expression. Oh, mais oui, Jimmy m'a dit que vous travaillez à la télé avec lui.

— Non, fit Natalie. Jimmy travaille à la télé *avec moi*.

Elle lui décocha un charmant sourire, en se disant que si jamais ils faisaient l'amour, elle se ferait sans doute écraser.

— Kevin, mon chou, roucoula Lucinda, un Martini dans une main et un canapé au caviar dans l'autre. Je suis *enthousiasmée* que nous ayons un projet ensemble. J'ai vu absolument tous vos films — trois en dix-huit mois. Pauvre garçon... vous devez être épuisé.

Kevin, complètement avachi, se redressa.

— Merci, marmonna-t-il en pensant qu'il devrait peut-être dire un mot à son agent.

Maintenant qu'il avait vu Lucinda Bennett en chair et en os, il s'apercevait qu'elle était trop âgée pour le rôle : elle le rendrait ridicule.

— Ah... Freddie, dit-il en s'approchant du super agent. Il faut qu'on parle.

— Plus tard, coupa Freddie, le congédiant d'un geste.

Ariel était sur le pas de la porte et il avait besoin de lui parler avant l'arrivée de Max.

Pendant ce temps, Max arpentait d'un pas

furieux son appartement : il venait de raccrocher après une brève conversation avec Inga.

— Max, je vais être en retard, avait-elle dit avec son accent suédois. Allez donc au dîner et j'essaierai de vous rejoindre.

Elle allait *essayer* de le rejoindre. Elle était donc complètement folle ? Ce soir-là, c'était pour elle l'occasion ou jamais de rencontrer des gens importants dans le cinéma et cette petite idiote allait la manquer.

— Pourquoi ? avait-il interrogé. Qu'est-ce que vous faites ?

— C'est personnel, avait-elle répondu sèchement.

La garce ! la garce ! la garce ! Mais pour qui se prenait-elle ?

— Vous feriez mieux de vous arranger, Inga. (Il s'efforçait de garder son calme.) Si vous voulez faire du cinéma, vous feriez mieux de vous arranger, vite.

— On verra, avait-elle dit, l'exaspérant davantage encore par son ton désinvolte.

Maintenant, il allait devoir y aller seul. Merde ! si Max Steele se faisait poser un lapin, d'ici demain toute la ville le saurait. Merde !

CHAPITRE XIX

Jimmy Sica circulait dans le salon, jouant l'hôte parfait, préparant des margaritas, faisant la conversation, étalant son incroyable sourire. Bunny montrait des photos de leurs enfants aux voisins d'à côté qui étaient passés prendre un verre : un couple de Chinois d'une extrême amabilité, mais dont la connaissance de l'anglais laissait quelque peu à désirer.

Madison voyait que Natalie s'entendait à merveille avec Luther. *Je regrette de ne pas être restée à la maison pour écrire,* songea-t-elle pour la vingtième fois. *Qu'est-ce que je fiche ici ? Ça n'est pas mon genre de soirée. J'ai assez de relations à New York... pas besoin de m'en faire de nouvelles. Et faire pia-pia, ça n'est pas mon genre.*

Elle décida qu'après le dîner elle demanderait à Natalie de lui prêter sa voiture et elle filerait en douce. Luther se ferait certainement un plaisir de raccompagner son amie.

— Et ça, annonça fièrement Bunny, c'est une photo de Blackie. Blackie était mon adorable petit caniche noir qui nous a quittés l'année dernière, précisa-t-elle avec un tremblement de la lèvre inférieure. Je le pleure encore.

— Une autre margarita ? proposa Jimmy. Nous attendons mon frère : il est toujours en retard.

— D'accord, accepta Madison en le suivant jusqu'au bar.

— C'est votre premier voyage à L.A. ? demanda Jimmy en prenant son verre vide.

— Je suis déjà venue plusieurs fois.

— J'imagine que vous voyagez beaucoup ? dit-il en mettant le mixeur en marche.

Madison regarda le liquide mousseux tournoyer dans le verre du récipient.

— Natalie me dit que vous êtes récemment arrivé de Denver, poursuivit-elle sans répondre à la question.

— Ça fait six mois, dit-il en remplissant son verre et en le lui rendant. (Il marqua un temps, la regarda longuement.) Vous savez, Madison, je suis certain qu'on vous a dit ça bien des fois.

— Quoi donc ?

Il brancha son sourire de beau présentateur, en l'agrémentant d'un nouveau regard complice.

— Vous êtes une femme extrêmement séduisante. En fait, vous me rappelez mon premier amour.

Oh, arrête ton char, Jimmy Sica ! Ce truc-là, c'est vieux comme Hérode. Dans deux secondes, tu vas me dire que ta femme ne te comprend pas.

— Merci, murmura-t-elle, toujours polie. Vous n'êtes pas si mal vous-même.

Voilà qui le fit taire un moment.

Bunny se précipita.

— Où est..., commença-t-elle.

Mais elle n'avait pas fini sa phrase que le frère de Jimmy arriva.

— Je suis là, dit-il avec un grand sourire, en lui fourrant un bouquet de fleurs dans les bras. En retard, comme d'habitude.

— Bonté divine ! s'exclama Bunny en le serrant dans ses bras. On avait presque renoncé à te voir.

— Mais tu sais bien qu'avec moi, il ne faut jamais renoncer, ajouta-t-il. Tu sais que je finis toujours par arriver !

Madison se retourna pour inspecter le nouveau venu : une version un peu chiffonnée du parfait présentateur télé, mais beaucoup plus sexy, avec des yeux bruns rieurs et des cheveux châtains un peu longs.

— Je vous présente mon pique-assiette de

frère, le photographe, intervint Jimmy avec une affection sincère. Jake, dis bonjour à Madison. Vous devriez avoir des points communs tous les deux : Madison est une grande journaliste.

— Ah oui ? s'enquit Jake en lui donnant une poignée de main énergique. Une grande journaliste, hein ?

— Pas si grande que ça, répondit Madison d'un ton léger, en se disant qu'après tout ce ne serait peut-être pas une soirée complètement foutue : Jake était sympathique, et peut-être qu'une brève aventure sans lendemain était exactement ce qu'il lui fallait.

— Vous travaillez pour qui ? demanda-t-il.

— *Manhattan Style*.

— Pas mal.

— Ça paye le loyer.

— Je n'en doute pas.

— Et vous ? demanda-t-elle.

— Je travaille surtout en free-lance.

— Vraiment ?

— Ça paye le loyer.

Ils échangèrent un sourire, puis Natalie fit irruption, en lançant à Madison un clin d'œil qui n'avait rien de subtil.

Jimmy passa son bras autour des épaules de son frère et l'entraîna.

— Tu vois comme je suis bon pour toi,

chuchota-t-il. Non pas une, mais deux beautés. Tu n'as qu'à faire ton choix, même si personnellement je pencherais pour la journaliste : elle a ce côté feu sous la glace. Très sexy.

— Voilà qui est parler comme un véritable homme marié, dit Jake en levant les yeux au ciel.

— Ne me dis pas que tu n'es pas intéressé !

— J'ai rencontré quelqu'un.

— Qui donc ?

— Une fille. Charmante. Jolie. Parfaite.

— Oh, merde ! fit Jimmy en éclatant de rire. Tu ne vas pas me dire que tu es amoureux ?

— Non..., fit Jake en n'hésitant qu'un instant. C'est seulement qu'elle a quelque chose de spécial... quelque chose que je ne peux pas décrire. Tiens... tu jugeras bientôt par toi-même. Je lui ai demandé de passer tout à l'heure.

— J'ai hâte de la voir.

— Et, *s'il te plaît*, ne te jette pas sur elle, le prévint Jake.

Ce fut au tour de Jimmy de sourire.

— Comme tu le disais, frérot, je suis un homme marié.

— Oui, c'est vrai.

Et de concert ils revinrent vers le bar.

ÉPILOGUE

La blonde s'écroula dans un bruit sourd : le couteau de chasse à la lame aiguisée comme un rasoir lui avait tranché la carotide aussi facilement qu'une motte de beurre. Du sang gicla, comme un jaillissement de pétrole.

La blonde voulut crier, ses yeux écarquillés emplis de la terreur et de la certitude de ce qui allait arriver. Mais, quand elle ouvrit la bouche, du sang ruissela, se répandant sur son corps et détrempant ses vêtements.

Alors son assassin frappa de nouveau — le couteau plongea rageusement dans ses seins. Une fois.

Deux fois.

Trois fois.

Elle soupira. Un horrible soupir d'agonie.

Quelques secondes plus tard, elle était morte.

Achevé d'imprimer en février 2000
sur les presses de l'Imprimerie Bussière
à Saint-Amand (Cher)

Hollywood, capitale du sexe, des ragots meurtriers, de la cocaïne et de toutes les perversions. Si Madison Castelli, journaliste new-yorkaise haut de gamme, a accepté de plonger au cœur de cette Babylone moderne, c'est afin d'approcher Freddie Leon, l'inaccessible et tout-puissant agent des stars de Beverly Hills. Le personnage multiple et fascinant qu'elle découvre l'incite à poursuivre dangereusement son enquête. L'empire de Freddie est-il menacé par l'ambition de Max Steele, son cynique associé ? Quels liens entretient-il avec Monsieur X, le milliardaire masqué qui assassine les starlettes et les call-girls ? Peu à peu, dans les coulisses de ce monde magique et flamboyant, Madison découvre l'enfer.

Depuis son premier roman, paru en 1969, après une brève et tumultueuse carrière théâtrale, Jackie Collins est devenue un écrivain vedette dans le monde entier. Elle vit à Los Angeles, dans le décor même de ses livres, et personne ne connaît mieux qu'elle les turpitudes et la magie de cette ville.

ISBN 2-266-09761-X

Photo : Edimedia

Paul Guimard

L'ironie du sort

Texte intégral